U0106718

舒非 主編

香·港·散·文·12·家

日日
是好日

｜阿濃 著

中華書局

主編的話

　　二○一二年，為了紀念中華書局成立一百周年，香港中華書局推出了《香港散文典藏》。叢書收入九位當代香港最有影響力的作家，他們是：董橋、劉紹銘、林行止、陳之藩、西西、金耀基、羅孚、小思和金庸。「典藏」出版之後，頗受兩岸三地讀書界的好評。作為這套書的主要策劃者，我個人很受鼓舞；此後承蒙香港中華書局厚愛，希望我繼續圍繞香港文學再推新書，經由我和作者及出版社的反覆磋商，始有《香港散文 12 家》的誕生。

　　在香港，嚴肅文學書籍市場本來就狹小，隨着網絡閱讀的高速發展，讀書風氣的不斷改變，文學書的空間已經越來越小，確實給出版社帶來重重的困難。在這樣的情況下，我們仍然堅持推出《香港散文 12 家》，因為我們認為香港有優秀的作家和優秀的作品，作為立足

香港一百年的出版社，我們有責任為香港作家出好書，也有責任為香港讀者提供優秀出色的讀物。雖然文學市場持續低迷，但是我們不願放棄。

在日新月異的網絡時代裏，嚴肅的文學書是否有其價值？我們的答案當然是肯定的。文學看上去也許不那麼實用，但是文學是涵養人心的；讀文學作品，未必有立竿見影的效果，但是進入文學世界，肯定能為你打開一扇不同凡響的窗子，提升你的精神境界，令你一生受用。

收在《香港散文 12 家》裏的作者，背景不同，年齡不一，寫作的題材與風格更是迥異，因此也呈現香港散文的整體風貌。相對於詩歌或者小說，散文或許比較容易上手，但也更不容易寫得精彩。我們希望這套書，除了給愛好文學的讀者提供好書之外，也希望為有志於寫好中文的同學提供範文。

舒非

二〇一五年四月

日日是好日

自序：我與文學的因緣

　　文學在我心中植根甚早，我的童年在江蘇省泰興縣黃橋鎮度過，上世紀四十年代，那是一處沒有報紙、沒有圖書館的文化沙漠，幸虧父親有大量藏書，成為我十歲至十二歲時的精神食糧。他的藏書很雜，因此我也看得很雜。

　　我看了所謂四大名著：《三國演義》、《水滸傳》、《西遊記》、《紅樓夢》，也看了不少通俗歷史小說：《說唐演義全傳》、《薛仁貴征東》、《薛丁山征西》……又看了一批公案小說：《施公案》、《彭公案》……所謂白話小說，其實現在當做文言的也看了不少：《儒林外史》、《老殘遊記》、《鏡花緣》、《封神榜》、「三言二拍」……真正文言的《聊齋》，真正白話但含義很深的魯迅小說，都囫圇吞棗的看了。西方譯本的書不多，我看了

《福爾摩斯探案》、《泰西五十軼事》。

《唐詩三百首》，父親讓我自己看，因為有詳細的註解。《古文觀止》，父親講解了故事性強的篇章，我記得有《賣柑者言》、《種樹郭橐駝傳》、《捕蛇者說》等等。在一個秋夜裏，我們在家中聽到屋外有波濤洶湧的聲音，外出一看，明月在天，樹梢動也不動，但那聲音仍在半空迴響。父親說：這是秋聲。返回室內，拿出《古文觀止》來，找到歐陽修那篇《秋聲賦》來講解給我聽，給我很深的印象。

我七、八歲時，祖父在鄉間逝世，我隨父親奔喪前往。棺木停在大廳，準備第二天落葬。暗淡油燈下，風水先生陪大家守靈，他講了一則屍變的故事。在這樣的環境和氣氛下，這故事真的驚心動魄。後來我看《聊齋》，才知道是其中一個故事。

抗日戰爭結束，國共內戰又起，一九四六年，我們全家逃避戰亂到了上海，那時我十二歲，每天看《大公報》上張樂平的漫畫《三毛流浪記》。一九四七年，父親在朋友的介紹下，找到一份香港的差事。我們一家三口乘郵輪往港，一個送船的女士送我一本《文心》，作者是葉聖陶和夏丏尊，說讓我在船上慢慢看。這是一

日日是好日

本用小說形式寫的語文基礎書，其中一節對我的影響最大，是談寫作的「觸發」。其中一例是洗衣服的時候發覺襯衫的領和袖最是骯髒，使他想到社會和國家的領袖也最容易變得污穢。「觸發」正是我後來五十載專欄寫作生涯的基本「招式」。

一九四七年九月，我入讀銅鑼灣利園山上的嶺英中學初中一年級，我的中文底子立刻受到國文老師余松烈先生的注意，幾乎每篇作文都獲得貼堂的獎勵。他借了許多新文學的書籍給我看，在我升讀中二時，又把我介紹給中二的國文老師。她把我的作文拿去《文匯報》的副刊（不是學生園地）發表，給我很大的鼓勵。

一九五三年，我中學畢業，考進葛量洪師範學院，考慮到將來面對的將是兒童，這時期我看了不少童話和青少年讀物，既為教學也為寫作。做香港的安徒生是我對自己的期許。

老牌大報《華僑日報》有一個歷史悠久的《兒童周刊》園地，我嘗試寄一篇生活故事去，一發即中，自此我每期都寫稿去，成為該版的主要寫手，用的筆名是朱燕。

當時香港有兩份互相競爭的學生刊物，一份是《中

國學生周報》，一份是《青年樂園》。有朋友邀請我擔任《青年樂園》的義務編輯，我「膽粗粗」的答應了，先後編過「大地」、「沃土」、「閱讀與寫作」、「詩專頁」等版面。當稿源不足時，我就用不同的筆名頂稿，寫散文、小說，也寫詩。後來部分稿件收錄在我的結集《濃情集》裏，這時已開始使用「阿濃」筆名。其中一篇〈委屈〉，被香港教育署的課程委員會收錄為中二課文。那時的課文是全港統一的，本地作家的作品獲選的不多。我的作品有幸被選中，使所有中二同學知道有阿濃其人。

《華僑日報》又出現一個《青年生活》雙週刊，編輯何天樵是老朋友，我為此寫了一批輕鬆幽默的短篇，用的是「濃濃」筆名，後來才改為「阿濃」。從這一版也認識了一班文友，具知名度的有翱翱、區惠本、易婉琴等。

一九七三年，香港出現了一次「文憑教師」工潮，教師曾罷課兩天，受到輿論打壓。我是教師，在《華僑日報》教育版寫〈教育評論〉，為教師講公道話。工潮勝利結束後，我改寫教育小品《點心集》，一寫多年，受到教師歡迎。後來結集成書，意外地暢銷，銷數以萬

計，長期高踞暢銷書榜。

一書成名，稿約不斷，在多家報刊寫過專欄，為多家出版社出過書，也因此獲得不少榮譽，包括五次被中學生選為最喜愛作家，有十四種作品被選入中學生好書龍虎榜的十本好書獎，多次獲香港文學雙年獎。有十多種書籍在內地出版並獲獎項。

在筆耕超過一甲子的今天，我仍寫作不輟，讀者面從幼兒園的孩子到老人院的長者，但自我定位是校園作家。我寫小說、寫詩、寫童話，但寫得最多的仍是散文。

我說過散文是作家的通行證，一個作家可以不寫詩，不寫小說，但他不能不寫散文。小說有主角，散文不一定有，但一本散文集的文字集合起來看，那主角就是作者，他的個性、他的品格、他的心靈都躍然紙上。

因此你看了阿濃這本結集，你不但認識了他的文，同時也認識他這個人了。

目　錄

人生到處知何似

兒時歡樂，光景恍如昨

長跑者的話

把文字當雜技玩

日日是好日

師者，所以傳道、授業、解惑者也

人生到處知何似

蘇軾給他弟弟一首詩中的前四句：

人生到處知何似，應似飛鴻踏雪泥。
泥上偶然留指爪，鴻飛那復計東西。

由江蘇北部一小鎮，到上海，到香港，到加拿大的溫哥華，從夜聽秋聲的少年變成垂垂老矣的爺爺，這條人生路難分長短，其中經歷五味俱備，最後的感悟是要把直路走成彎路，以便更仔細地品味人生。

夜聽秋聲

　　說起來是許多年前的事了，我還是個小孩子，住在鄉間。一個秋天的晚上，在家中忽然聽見外面有呼呼的聲音，像是颳着大風；又像是奔騰的潮水，洶湧地流過。

　　我和父親走出門外，看究竟發生了什麼事。奇怪的是外面有清朗的月色，樹梢卻一動也不動。

　　但那聲音我們仍然聽得清楚，像是來自樹頂，或者來自半空。聽了一會，我感到有點恐懼。父親說：「這大概就是歐陽修所描寫的秋聲了，我也還是第一次聽見。」於是他帶我進屋，拿出《古文觀止》，就在煤油燈下，教我讀了《秋聲賦》。

　　我肯定歐陽修所聽見的秋聲，正是我此夜所聞。他形容得太好了：「如波濤夜驚，風雨驟至。」「又如赴敵之兵，銜枚疾走；不聞號令，但聞人馬之行聲。」而到外面去看的時候，卻是「星月皎潔，明河在天，四無人聲，聲在樹間。」

　　歐陽修對這種聲音的發生，作了許多抽象的解釋。父

親講不明白，我也聽不明白。多年來，我想獲得一個比較科學的解釋，卻還不曾聽人說過。這種聲音，我也不曾再聽過。但在許多個秋夜，我都會想起那個明月皎潔的晚上，耳畔響起那使人屏息的聲響，腦海浮現父親教我在燈下讀《秋聲賦》的情景。

如今我重讀《秋聲賦》，發覺對最後一段竟然毫無印象，而現在讀起來卻頗有觸動。他說作為萬物之靈的人「百憂感其心，萬事勞其形。」「思其力之所不及，憂其智之所不能。」難怪紅潤的面頰灰如槁木，漆黑的頭髮星星斑白。這是自己傷害自己，與秋天的肅殺之氣無關。歐陽修說了這番話，「童子莫對，垂頭而睡。」也正是當日還是童子的我的寫照。

兒時冬日遊戲

　　天氣驟冷，學生們瑟縮冷風中，有的還流出清水鼻涕。上課時縮頭縮頸，故意全身篩糠也似的震抖着取暖。

　　回想故鄉的冬天比這裏冷多了，冬天上課卻充滿樂趣。

　　我像許多同學一樣，會帶一個小小的銅腳爐回校。銅腳爐圓形，像一個小鼓，爐腹放炭火，爐蓋像蜂窩似的有許多小孔。銅爐有半圓形的挽手，我們就提着它進課室，上課時放在腳下。因為穿的是棉鞋，暖氣很快傳上來，腳一暖，全身隨着暖和了。

　　小息時，大家圍坐在一起，打開爐蓋，把帶來的花生和白果放進去煨。花生和白果煨熟時都會傳出誘人的香味。尤其是白果，進嘴時軟熱香糯，真是十分好吃。

　　小息時的遊戲有踢毽子和榨麻油，都是有效的熱身運動。

　　毽子是用銅錢和公雞尾巴上最漂亮的羽毛做的，小巧輕盈，容易控制。母親找塊厚絨，把銅錢縫在裏面，十分牢

固，不像香港的毽子，踢散了弄得一地的紙片。

踢毽子不是一味的鬥多，還有花式比賽。兒時學得的一招半式，如今偶爾在學生面前露一手，也看得他們目瞪口呆。

所謂榨麻油，是十來人找一幅比較平滑的牆，把背脊貼在牆上，你們擠過來，我們擠過去，大家出死力的互相擠逼，有些就會被擠出來，要排到後面去再擠。這種遊戲玩不上十分鐘，已經渾身發滾，再不覺寒風的可畏了。

兒時遊戲的特點是不用花錢，但趣味性、益智和對健康的幫助，都比今日青少年的許多活動為佳。今天我班一個學生上第一節課便打瞌睡，原來他昨晚打桌球至早上五時。這使我更為懷念兒時樸素、有趣、健康的遊戲來。

關於貓的童年回憶

我的童年在江蘇省北部一個小鎮黃橋度過。

黃橋是一個名鎮，即使我晚年來到加拿大，在中國茶樓仍可以吃到一種叫黃橋燒餅的點心。雖然那味道已經是大大不同了。從材料和製作方法來看，加拿大的黃橋燒餅應該比黃橋的黃橋燒餅好吃，可是在我心中，最好吃的黃橋燒餅仍然是我守在燒餅爐旁邊，等師傅用長柄剪鏟從爐壁上鏟下來的燒餅最好吃。

我童年的後期在戰火的硝煙中度過，但十歲以前也曾有過一段較太平的日子。爸爸教我讀《古文觀止》，我看爸爸的藏書，從《薛仁貴征東》到《紅樓夢》。我幫媽媽在門前一塊大空地上種植，從白菜到茄子，從花生到棉花。我們還養蠶，附近的桑葉吃完了，要到處去搜羅。我的「生物學」興趣就是這樣培養出來的。後來我的中學會考成績生物科拿了「優」，或許與這段經歷有關。

我家養過雞，目的在吃蛋。早上把雞放出去自由覓

食，牠們是的而且確的「走地雞」。晚上呼喚牠們回籠，總有一兩隻不聽話的要人追趕。到牠明知走不脫了，便會俯伏下來由你捉。我夾着牠們的翅膀捧進屋，還記得牠們腋下的體溫。

由小雞養到牠們生蛋，大約五至六個月時間。記得第一隻小母雞生蛋之前，發出奇怪的打鳴聲，母親估計是要生蛋了，連忙幫牠預備「產房」，一個安靜的角落，一個溫暖的窩，然後把牠捉進窩裏。一番緊張的期待後，又聽到小母雞勝利的宣告："Ga-Da Ga-Da Go！ Ga-Da Ga-Da Go！"我們在牠剛離開的窩裏看到一隻小小的蛋。後來知道初產的蛋都是這麼小，以後會慢慢大些、大些。小小的蛋拿在手上暖暖的，蛋殼上還有點血跡。

這蛋我們當然捨不得吃，把它珍藏在抽屜裏。第二天同樣的時間，小母雞打鳴了，媽媽把牠捧進「產房」，想不到牠竟跳出來繼續叫，試了幾次都是這樣。

我靈機一觸說：「會不會小母雞不見了昨天生的蛋，認為這地方不安全，所以不肯生？」於是我拿了昨天牠生的蛋放進窩裏，牠果然乖乖的孵了進去。

以後我們都在窩裏留下一隻蛋，牠就不再有其他要求。我笑牠的數數能力，只能去到一，多過一就不會數了。

後來養雞發生了一次慘劇，我家的雞有一天忽然集體中毒，在地上抽搐，跟着一隻又一隻的死去。痛心的我們終

於在鄰家的菜田裏發現了有劇毒的河豚魚卵。

河豚是一種味道鮮美的魚，但要極懂得烹調的專人來洗來切來煮，因為牠渾身都有劇毒，一不小心吃錯有毒部分便會死亡。據說唯一能解河豚毒的單方便是吃糞，或許吃糞使人作嘔，把有毒部分嘔出來，中毒的人可以不死。

河豚的卵是極毒部分之一，雞吃了怎能不死？我們猜測是我家的雞吃了他們家田裏播的菜種，因而中此毒手。其實大家是互相認識的鄰居，為什麼招呼不打一個便趕盡殺絕呢！

從此兩家沒了來往，我家也再沒有養雞。

其實我童年時看到的殘酷的事不止這件，毒雞事件已算是小事。我年紀小，不懂得分析，但心靈深深受到傷害。

除了養雞，我家還養了一隻貓，是黃黑白三色那種，以白色襯底，黃黑的大小斑塊分佈各處，很像中國國畫上的貓，我們叫牠小花。

那年代養貓，吃的不是寵物店賣的貓糧，是把人吃剩的魚頭魚尾拌飯。離我家不遠有一個小湖叫洗馬池，據說是宋朝抗金的民族英雄岳飛駐軍在此時洗戰馬的地方。洗馬池通一條河，這河又通長江，因此池裏可以釣到江河裏游來的大魚。

我常陪爸去釣魚，他自製魚竿，竹竿是竹林裏挑的，魚鈎是把縫衣針在洋燭上燒軟了屈曲而成的，做魚餌用的蚯

蚓是河邊掘的。爸會找一處陰涼的地方，先向水裏丟一團麵粉，目的是引魚前來。然後手拿竹竿坐下，我也靜靜坐在他後面，看魚絲上的浮子有沒有被魚拉得沉下去。魚絲一沉，爸就霍地一拉，一條鯽魚被拉上水，魚鱗閃着銀光。

爸把釣到的魚放進魚簍，魚簍浸在水裏，所以回到家裏時，魚還是鮮蹦活跳的。

爸並不多釣，夠三個人吃一餐就停止了。有時他會釣上一些長不大的小魚，他也留着，那是貓兒小花的口糧。媽會把牠煎得又香又脆，放在餅乾罐子裏，留待拌飯給小花吃。

小花白天不是睡覺就是在菜田裏玩，撲蝴蝶，追麻雀。牠好像知道我的放學時間，每天我放學回家，到離家數十步時，牠就會從不知哪棵植物後面撲出來，假裝咬我的腿，然後我們一同回家。

有一次我在門前跟小花玩，有兩個同學經過，我不知道他們的名字，但認得是高我一班的。他們似乎很喜歡貓兒，拿了一根跳繩出來引小花玩。後來他們走了，我也回家，之後就不見了小花。我們拿了小花吃飯的碗，敲打着找牠。以前只要一敲碗，不論牠在屋頂還是草叢，都會立即走出來，但這次敲來敲去，也不見牠的蹤影。

擔心了一夜，我回想白天的情形，懷疑是門前那兩個同學偷走了小花，尤其是那個胖小子的嫌疑最大，因為他問過小花的名字，又問牠愛吃什麼。

第二天放學後，我悄悄跟在胖小子後面，一直跟到他家門前。待他進門後，我附耳在門上聽，果然聽到朦朧的貓叫聲。

我立即回家，把情況告訴母親。母親也立即跟我去到小胖家門。

母親敲門，門一開，開門的竟是小胖。他想不到我會尋上門來，一慌張便往裏躲。我早已看到小花被一根繩子綁在支撐屋簷的一根柱上，旁邊還放了半碗貓飯。

我們高高興興的抱着貓兒回家。媽讚我有偵探頭腦，事實上我那時已看過《福爾摩斯全集》。

我的故鄉每年冬天都下雪，下雪不冷，融雪的時候最冷。全身最冷的地方是腳。雖然穿了棉鞋，也生凍瘡。因此孩子們上學也帶一個銅腳爐。銅腳爐圓圓的像個鼓，銅蓋子上有許多透氣圓孔。爐子裏放炭火，上課時腳爐放在桌下，我們把腳擱在爐上，腳一暖，全身都暖了。

我們還帶了生白果、生花生去，小息時放在爐裏煨熟了吃。

屋子裏沒有暖氣，我們鎮上也不像北方人家設有暖坑，所以睡覺鑽進冰冷的被窩時要發一陣抖，才慢慢暖和起來。我家只有一張大牀，一牀大被，爸媽睡一頭，我睡另一頭。冬天一樣落蚊帳，蚊子雖然少了，卻要防屋樑上掉下其他蟲子。

燈一熄，很快我耳畔就響起輕輕的呼嚕呼嚕聲，不是爸媽打鼾，是貓兒小花怕冷，想鑽我們的熱被窩。牠知道爸媽不允許，所以只在我枕邊打主意。我悄悄扯高蚊帳放牠進來，牠躲在我腋下，我暖牠也暖。可是牠一感到舒服，呼嚕的聲音越發大，終於被爸媽聽到，他們就會伸腳過來把牠踢下牀，可是不到五分鐘，牠又會在我耳邊打暗號，我不忍拒絕牠，又放牠進來。一樣被爸媽發現踢牠下牀，一晚上要折騰幾次。

後來一次又一次的打仗，父親覺得獨立的房子危險，另外租房子住進了內街。又碰上霍亂流行，人也朝不保夕。我竟忘記小花是怎樣離開我們的。

小花是我第一次與貓結緣。

　　　　　　　　　　　　　日日是好日

少年銅鑼灣

一九四七至一九五三年，我住在港島銅鑼灣，是我的中學時代，是我的成長年代，像蟬退殼，開始飛翔、鳴唱的一生。下面是記憶中的鱗爪。

清風街

一九四七年四月，中國大陸內戰正酣，未足十三歲的我隨父母乘一艘法國郵輪由上海抵港。船上滿是嘰嘰呱呱講話像吵架的廣東人。

登岸時，我穿着與環境完全不配合的夾布長衫。父親的朋友替我們租了清風街六號地下一個房間。街上氣氛閒靜，有賣金山橙的小販坐在牆邊陪着他的擔子，電車不緊不慢的叮叮叮地駛過。英皇道邊便是山岩的石壁，看了《蜀山劍俠傳》而未登過真山的我，山的神秘因此破滅。

我們的住所有四個房間，向街的頭房是包租夫婦，中

間房住了他的兒子和媳婦，我們住尾房。毗連廚房的另一個小房間住了兩母子，冷巷還有兩個牀位住客。

由於房間狹小，我隨父親入住他的工作地點：天后廟道金龍台二十五號香港紅卍字會。會址前是一棵古榕，再前面是有名的天后古廟。因此只是回清風街吃飯，偶爾住一兩晚。對清風街留下的淡薄印象是包租婆的兒子在不遠的屈臣氏汽水廠上班，他二十六個英文字母都認不全，但夜間説夢話卻嘰哩咕嚕像説英文。小房間裏的兒子患了貧血，後來飲牛肉水治好了。公用的洗手間連浴缸陰暗潮濕，我試過在廚房用浴盆洗澡。那時煮食用火水爐也燒柴，煮飯時濕水的柴弄得煙蓬蓬，薰得個個眼淚汪汪。舊曆年底大掃除，要把柴堆搬走，成群蟑螂飛撲而出，嚇得大家雞飛狗走。

男人上班，女人在家的娛樂是聽麗的呼聲，為李我講的故事下淚。前幾年在名伶白雪梅孫兒的滿月酒上見到李我，他已九十高壽，仍聲如洪鐘。麗的呼聲是有線廣播，那匣子是工程師楊遠鏞的設計。他是兒童文學前輩劉惠瓊的丈夫，我們常一起飲茶，他在二〇一四年於溫哥華去世了。

我四月抵港，考入私立嶺英中學，九月才新學期開課。等候期間常去紅卍字會二樓的圖書館看書，那裏有整套的「二十四史」，也有紅卍字會救災的《徵信錄》。上面有不少照片，包括掩埋罹難者骸骨的紀錄，那些骷髏堆到一座座小山般高。

我也會搬一些合自己看的書回房看，看着看着就側身睡在牀上，幾個月下來形成近視。第一次驗眼，右眼的度數是八百，左眼是四百。

　　清風街隔我家幾號門牌有姓譚的一家，他家有個梳孖辮的女孩，大家偶然碰見會點點頭。有一天她問我有沒有興趣參加一個歌詠班，我說好呀，就跟她和她妹妹同去了。

　　歌詠班在灣仔一棟大廈的某一層，是《華僑日報．兒童周刊》讀者會灣仔組的活動。我隨着譚氏姐妹到了那裏。未進門已聽見歌聲。想不到這是一個進步組織的活動，參加之後，我漸漸也成為愛國青年。

避風塘

　　嶺英中學九月開課，我早上走路上學，三角錢買一個提子包，邊行邊吃。我沿着高士威道走，右旁是銅鑼灣避風塘。我看到水上人家的生活，他們在船上整理漁具，煮食，拜神，養雞養狗，夏天身上繫着繩索的赤裸小孩，被放到水裏學游泳。遇上天文台懸掛風球，避風塘裏千檣雲集，壯觀非常。

　　後來避風塘要填平了，先築起圍壩，用抽水機把海水抽走，漸漸露出海底污泥，其中也有一些貝殼，但都很平常。泥頭車把避風塘填成了大笪地，一到晚上，汽燈處處，形成了一個平民夜總會。

大笪地上的攤檔大致可分三類：賣吃的、賣唱的、賣藥的。賣吃的沒有熟食，記憶中有脆皮蔗，可一截截買，每截約一尺，即買即刨。有沙田柚，已剖開，兩片呈蝴蝶狀售賣。有雪梨和沙梨，小販以極純熟的刀法削皮，十秒左右已把雪白多汁的梨交到顧客手中。

賣唱的和講古的，檔前放着數十張矮凳，肯坐下欣賞的都是準備付錢的捧場客，站在後面的隨時會走散。那時我還是初到貴境的外江仔，不懂欣賞。

賣藥的有舞刀弄槍的，有表演氣功的，胸前碎大石，槍尖頂喉嚨；也有變魔術的，其中一檔説能把雞蛋變出小雞來，説得實牙實齒，可是我等到他收檔，小雞也沒有變出來。

若干年後，大笪地變成維多利亞公園，樹木漸長，我和後來成為我妻的女友在此「拍拖」至夜深，職員吹哨子趕人，我們才依依不捨地離開。

利園山

如今香港人流最旺盛的三越百貨公司（今希慎廣場）一帶，以前有座小山，名叫利園山。嶺英中學就在山頂。一九四七至一九五二年五年時間，我在此學習，也就是我十三歲到十七歲的階段，是我的少年和青年前期。

這階段有兩位影響我較大的老師，一位是中一的中文科老師余松烈先生，他是中山大學文學士，在學校宿舍居住。是他賞識我的作文，鼓勵我閱讀和寫作的。他借了不少進步書籍給我看，可惜他在我讀中二那年，因胃潰瘍大量出血去世。另一位是我高中二年級中文老師，學校訓導主任，姓王。據說是他建議把連我在內的一批進步學生開除出校的。我每年都獲品學兼優獎狀，高中二年級的成績表操行一項卻由甲變成丙，並附家長信：「貴子弟不適合本校環境，下學期須停學。」其實我們沒有違反任何校規，只是組織了若干讀書小組，在那一年，大部分的班社幹事職位，都通過選舉落在我們手上。

這階段我有兩段戀情，我發現身邊經常有一對女子的眼睛看着我，眼睛的主人是我出版壁報的主要助手，寫得一手好字，會畫可愛的小版頭。有時我們做到深夜，要爬校園大門的鐵閘離開。有一次她送我一本巴金的小說，是他的「愛情三部曲」之一，扉頁上，她用美術字加裝飾寫了「花好月圓」四個字，當然是大膽的暗示。只因據傳她是訓導主任的乾女兒，我對她有了戒心。後來她忽然退學，據說去了內地。回大陸升學的同學，在連場政治運動中，還被追查有關她的資料。

在一次友校訪問活動中，我們到了愛國學校培僑。遊戲之一是用號碼來配對。鼓聲中，號碼相同的兩間學校的同

學交換地址。我因此認識了熱情的她，在頻密的通信後，她主動向我示愛，可是那時她已回國升學。我接受了她的愛，但每年只能在暑假見面。在頻密的政治運動中，她的港生身份、資本家家庭背景和一個香港戀人，都使她受盡懷疑和審查之苦，而且完全看不到了期。是我主動要求結束這段關係。六十多年來，我都希望能與她們重逢，但渺無音信，我擔心她們已在慘酷的政治鬥爭中犧牲了。

這階段我是班社的活躍分子，學校有個小小的舞台，週末供各班社和課外活動小組演出節目。我這一級叫斌社，初生之犢不怕虎，演出過《日出》、《結婚進行曲》、《綠窗紅淚》，也看過高一級的同學演出《雷雨》、《北京人》。男同學很少參加土風舞班，我卻鼓起勇氣參加了。因為男同學少，我有較多的演出機會，包括《馬車夫之戀》，我演那個不蒙青睞的哈薩克，大板城的姑娘隨勞動人民的馬車夫而去。演馬車夫的馬樂同學，如今與我同居一城，大家都是八十歲的老人了。

愛情這回事

　　別以為阿濃年事已長，就沒有資格談論愛情，要談也十分「老土」。幾年前應香港教育城之邀，在網上做了一個續龍寫作遊戲，我以少女感情困擾作題材，以第一身跟幾位真正的少女合作寫成《少女日記》，成為當年教育城最受歡迎作品之首。後來北京社科學院買了版權，在內地出版。我以少女愛情心事寫的新詩集《是我心上温柔》獲冰心兒童文學獎。一本以愛情為主題的新書《跟着愛情走》是我二〇一三年三月份的新書。

　　愛情這回事是人生最美麗的經歷，不論他們多老，最值得咀嚼、回味的往事仍是愛情。哪怕他拿過諾貝爾獎或奧斯卡獎，也不及當年一個初吻。

　　愛情這回事，不論後來如何發展，如果兩人真心愛過，就是一道人生美麗風景。不要破壞它、弄污它、貶低它，把它永遠珍藏心底。

　　愛情本身沒有年齡之分，少年人的愛不幼稚，老年人

的愛不衰殘。它們同樣的亮麗、璀璨。

　　愛情在困境中燃燒得更猛烈，在阻撓中產生更大的攻堅力量，在苦日子中味道更甜。

　　愛情說來就來，擋不住；說去就去，留不住。

　　愛情不講道理，沒有什麼應該不應該。不應愛而愛了，注定是悲劇，心甘命抵！

一生至少該有一次

詩人徐志摩說：一生至少該有一次，為了某個人而忘了自己。不求有結果，不求同行，不求曾經擁有，甚至不求你愛我，只求在我最美的年華裏，遇到你。

讀後感：「至少該有一次」，當然越多越好，可惜更多的人是一次也沒有。尤其要在最美的年華遇上，時間是如此緊迫。更多機會在遇上時已年華老去，猶如在牙齒掉光時請你吃鮑魚，耳朵半聾時請你聽貝多芬。

「為了某個人而忘記自己」，是真愛的標準。許多人說深愛對方，其實是愛自己。當對方拒絕他的愛時就反目成仇。

四個「不求」都是違心之言，其實心裏何嘗不求有結果，最好是有情人終成眷屬；何嘗不求同行，最好是手牽手兒；何嘗不求擁有，最好是天長地久；而最期待的是對方的愛，因怕要求過分，才以退為進，但加上「甚至」兩字，着重此點。希望在最美的年華遇上，正是希望自己具備被愛的條件。

被愛的第一個機會是「遇上」。詩人相信在世間的某處，有一位他一見便使他忘記了自己的人。他會癡心地愛她，哪怕對方起初對他冷淡，但他可以接受，只要能遇上，就有機會，至少可以多看看她，想念也有一個具體的對象。

　　這女人不是原配妻子張幼儀，是追求不遂的林徽因，是愛到入骨的陸小曼，如果不是天不假年，不知這位才子還有多少次「遇上」，到時不但忘掉自己，還會把之前一位一併忘掉。

白菊的故事

　　每到七月，到處籬邊可見一叢叢的白菊，亭亭地開。

　　志明和潔芳邀請我們參加他們的結婚十年家庭慶祝會。到了他們家門前，但見幾百朵白菊在柵欄邊開得正歡。進到屋內，餐桌上也是一大叢白菊插在一個黑色花瓶裏。

　　客人不多，大家本已相識，所以並無拘束。晚餐是西式的，大部分已準備好，所以主人家不必到廚房裏忙，可以陪大家聊天。飲品有果汁、清茶和啤酒，還有時令的藍莓，自焙的小曲奇餅。

　　有人讚美門前盛開的白菊，志明說了一段往事：

　　志明和潔芳因做義工而認識，交往漸密。兩人同時面對升大。志明已被卑詩大學取錄，潔芳卻同時考進卑詩大學和美國的華盛頓大學。因為潔芳的大哥在美國工作，潔芳的父親有全家遷美的打算。潔芳面臨兩地抉擇，左思右想，難作決定。一個星期天，志明約潔芳到附近公園作最後商討，談了兩個小時仍無結論。氣氛有點僵，志明懷疑潔芳在他和

美國的表哥之間有點三心兩意。最後他負氣地隨手摘了路邊一朵白菊説：「單數離開，雙數留下。」

潔芳居然同意，開始一片一片的摘，一片一片的數。志明越來越緊張，雖然不是教徒，卻開始低頭祈禱。最後潔芳小聲説：「三十二。」就不響了。志明等待了三秒，猛的跳起，大聲説：「哈里路亞！」跟着擁抱潔芳，哭了。

後來他們做同學，他們結婚，一晃就是十年。

晚飯後男士們到樓下電視看球賽，女士們在樓上喝茶。

潔芳説：「其實那朵花是三十三片，趁他祈禱，我少數了一片。」

白居易的地下情

白居易的時代沒有狗仔隊，但有地下情。

地下情每個時代都有，因為有些愛見光即死，像從前攝影用的菲林，只能在黑房打開。地下情不能簡單地分對錯，少年人的初戀純潔非凡，美麗非凡，莫不由地下情開始。

地下情有兩大類結果，一是轉為地上，光明正大地繼續相愛。一是被揭發後不容於人，被迫中斷。或因環境變遷，愛在地下開始，也在地下結束，是一個只有兩人知道的故事。

越是隱蔽的地下情越刻骨銘心，終生不忘。白居易便有這樣的經歷。且看他的《潛別離》：

> 不得哭，潛別離。不得語，暗相思。兩心之外無人知。深籠夜瑣（鎖）獨棲鳥，利劍春斷連理枝。河水雖濁有清日，烏頭雖黑有白時。唯有潛離與暗別，彼此甘心無後期。

用四個比喻寫愛的絕望：像深深的籠把鳥兒單獨囚禁在黑暗中，像鋒利的劍硬生生斬斷了連理枝，還不如有朝一日能清的黃河水，也不及終於出現的白頭鳥。暗中相愛，悄悄分離，不能違的宿命，抗拒不了的現實，接受一別即成永訣的結果，欲哭無淚，欲語無言。不甘心也得甘心，就讓他成為兩顆心永恆的痛。

千多年前的白居易，官場浮沉的白居易，關心民間疾苦的白居易，在愛情的痛苦感覺上，與近代人並無分別。

感情生活的三個人

偶然在網上看到這段話，倒真是值得想一想。

他說：「在你的感情生活中，可能碰到三個人。」

一個是你最愛的人，一個是最愛你的人，一個是與你共度一生的人。

他說：「最悲哀的是，在現實生活中，這三個人通常不是同一個人。」

你最愛的，往往沒有選擇你。

最愛你的，往往不是你最愛的。

而最長久的，偏偏不是你最愛也不是最愛你的，只是在最適合的時間出現的那個人。

他叫我們想一想：你，是別人生活中的哪一個人呢？

阿濃也請你想一想：你的另一半，屬於你生活中的哪一個人呢？

如是你最愛的人，恭喜你，你是幸運兒，此生無憾矣！希望不論生活狀況有多少改變，你仍能維持那份情。

如是最愛你的人，更要祝福你，希望那人感情始終不變，你可以享受天之驕子的生活，補償不能與你最愛的人在一起的遺憾。

　　如果兩者都不是，希望你不要嗟怨，至少你們有夫妻之緣，大家努力惜取眼前人，日子也可以過得很舒心。

　　其實感情猶如天氣，變化難測。最愛你的可以忽變無情，你最愛的可以感覺消失。唯有能長相廝守、白頭到老的真命天子最要珍惜。就讓你最愛的和最愛你的有緣無份的那些人成為美好的回憶吧。

寂寞之感

李白說：「古來聖賢皆寂寞。」他自己何嘗不寂寞？我非聖賢，我也寂寞。

我朋友很多，每天收到不少電話、電郵，應酬也不少，沒有哪個星期沒有茶局、飯局，可是有人（哪怕有一個）真的了解我嗎？他們對我有不同的印象，有相同的，也有相反的。但這是真正的我嗎？他們認識的我，只是我在某個場合、某個時段扮演的角色。

我有父母、妻子、兒女，共同生活以數十年計，他們看到外人看不到的我在家庭的表現，看到我在各種處境下的反應和態度。像一顆桃子，外人只看到桃子的外皮，家人和好友會看到桃子的肉甚至桃子的核，但堅硬的桃核裏仍藏着桃仁，能看到的是誰？

倒是寫作人（還有其他創作人，包括作曲家、填詞家、畫家……）有時會在作品中閃現他們靈魂深處的心聲，那是因為他們耐不住不被了解的寂寞，要掏出來找尋知己和知

音，不但在他們的同時代，還期盼在百世之後。

　　這正是閱讀、聽音樂、看畫的最大樂趣，你看了，聽了，觸動了，明白了，你成了現世或古人的心靈知己，他們雖已不在，但我寧願相信，他們在天之靈仍能感受到，他們能知道他們的真我，獲得多高的「點擊率」。

她今年八十八

九十八歲的校長生日宴，三張桌子坐滿了兒子、媳婦、女兒、女婿、孫兒女、孫兒媳、重孫、重孫女……我被當作貴賓與壽星同席。

壽星現在住於一家設備完善的老人院，獨立房間，餐廳媲美酒店。這晚的客人之中有他的一位院友，是一位打扮整齊的老太太，主動坐在壽星旁邊，另一邊是壽星的女兒。

老太太有一頭銀髮，翡翠鐲子，綠玉戒子，精神爽利。我稱讚她的頭髮漂亮，她謝了我。我問她高壽，她說八十八。問她可有什麼運動？她說步行。並且立即站立示範給我看，但見她腰板挺直，步履輕捷，跟年輕人並無兩樣。

回座後她說還會表演扇舞，隨即做出幾個動作，雙手柔軟。她說配上《平湖秋月》的音樂她就可以表演，除一字馬做不到外，其他都難不到她。

我問她有幾個孫，她說八個。能記得他們的名字嗎？她用英文說了八個名字。每個都認得嗎？她說當然。

壽星公當晚胃口欠佳，挾給他的菜都剩在碟子裏。到飯和麵來了，老太太説壽星一定要吃長壽麵，就用筷子餵他，他果然乖乖的吃了，跟着又吃壽包和蛋糕。興致漸好，話就多了。他説當年六十多個教師的電話他都記得，現在這邊他也少用電話簿。我連自己的手機號碼也記不住，比起他們，太慚愧了！

回到當初時

讀小學的兒子因為奔跑得太快，撞跌同學，又頂撞教導他的老師，被學校投訴，要見家長。張先生發了很大的脾氣，罰兒子站在牆角，不准動，不准說話，不准吃晚飯。

一位老朋友剛好來訪，見張先生餘怒未消，微笑說：「老兄可記得當年孩子年幼時，牙牙學語，你們耐心教他叫爸爸媽媽，他第一次含糊地叫出來時，你們是多麼歡喜！可記得你們彎着腰教孩子學行，弄得腰背酸痛。當他跌跌碰碰自己連走幾步時，你們又是多麼高興！現在你卻不許他走，不許他講話，是不是忘記當初那些日子？」

張先生有所觸動，沉默了。朋友說：「孩子做錯事要教，但不要在盛怒之下失了分寸。」

「記得當初」確是一個好提示。當你因工作忙碌、假期少、福利偏低而大發牢騷時，可記得當年你兩年找不到工作，終於有這間公司請你時，你是多麼的雀躍。心中答應為這間賞識你的公司不計報酬，盡心盡力。

當你因妻子做的菜難吃而鬧情緒時，可記得當初你追求她時，已知道她是家中的嬌嬌女，從來不進廚房，不做家務。只要她肯嫁你，你會像女神般供奉她。婚後她已在努力學習，只是限於天分，進步慢了些。想一想當年，你應該有更多的包容和欣賞。

記得當初知道有一個專欄供你以文字抒發心聲時，是多麼興奮，那開始的稿件寫得又是多麼用心；相比之下，現在是不是有點敷衍塞責呢？

父親的畫

　　畫家剛從國外開巡迴展回來，離故鄉最近的大城市是他最後一站。市長和文化廳長都來了，但畫家最重視的貴賓是一對老人家——畫家的爸媽。

　　老人家由專人從鄉下接來，兩人其實並不太老，但頭髮都白了。見到賓客一味的笑，露出剩下不多的牙齒。

　　展覽的作品中有好幾幅以童年和故鄉為題材，看作品的題目便知道：《童夢》、《故鄉的月》、《老屋》、《春到故鄉》……

　　開幕禮上畫家簡單介紹了自己的藝術之路，因為家貧，被送給一家遠房親戚做養子，那時才七歲。養父母住在城裏，待他如己出。他自小喜歡塗塗抹抹，養父母就送他跟一位畫家學中國畫。養父母後來移居上海，又送他跟一位有名的留法畫家學習。名氣漸響，考得一個獎學金往國外深造，兩年後已經有三家畫廊跟他簽約。回國後因為養父母先後去世，他又回到故鄉找回親生父母。

展場有一本印刷精美的畫冊，除了序言外，有一頁是《媽媽的畫》，是媽媽剪的繡花鞋的紙樣，有「鴛鴦戲水」、「丹鳳朝陽」，還有窗花：「年年有餘」、「五穀豐登」。另一頁是《父親的畫》，總共只得一幅。是用黑色繪圖筆畫的線畫，有兩間房子，有小路，有樹林，有橋，有墳墓⋯⋯很簡略，但掌握特點，概括性強。

　　「爸，我小時你帶我去釣魚的池塘還在嗎？」

　　「在，出門向南直行過橋轉左⋯⋯」

　　「你可以把它畫出來嗎？」

　　這就是爸平生第一幅畫的由來。

捨不得他們快長大

　　兒子一講到兩個女兒的可愛處就停不了嘴，最後動情的說：「真捨不得她們快長大。」

　　我們很了解這種感受。因為孩子在四歲以下最可愛，身體是軟軟的、香香的，一片天真無邪，每天都有新發現，而且不隱藏他們對你們的愛和依賴，使你們無限心甜。

　　孩子一天天長大，一天天不聽大人的話，越來越反叛，少了吻吻抱抱，多了大小爭拗。所以孩子在四歲以下，是親子的黃金期。一想及此，你就捨不得他們長大。

　　我們閱讀一本好看的書，也有類似的感覺。就是怕一下子看完，要跟書中可愛的角色告別。有人因此每天只細細的看幾頁，以延長享受時間。小孩子吃雪糕已經懂得這個「慢慢歎」的道理，小舌頭伸出來細嚐慢咽。

　　讀辛棄疾《摸魚兒》詞中有一句：「惜春長怕花開早。」為什麼怕花早開？因為早開則早謝，春天早來則早去。自是多情人語。

我越來越明白有些青年男女，拍拖十年還不結婚，除了經濟上的考慮外，可能覺得拍拖的滋味越勝婚後夫妻，事實也的確如此，花前月下當然勝過柴米油鹽。或説婚後不一樣可以浪漫麼？只怕到時要供樓供車，要為孩子打入名校搏鬥，看你還有什麼閒情逸致否？

日日是好日

懷念青春

　　當我的年齡越來越大，感覺到時間消失得越來越快，鏡中的容顏越來越不想看，青春的歲月距離自己越來越遠，那對青春的懷念是越來越深切了。

　　我對青春不止懷念，還有懊悔，懊悔自己沒有活得不負青春歲月，卻是像個小老頭。

　　我的青春歲月，沒有留一頭長髮，沒有穿窄窄的牛仔褲，沒有套一對長靴，沒有拿一把結他，在情人的窗前唱歌。

　　我的青春歲月，沒有狂熱地戀愛，沒有每天獻給她一首詩，沒有爭取在每一個月色好的夜晚，緊緊地擁抱她，深情地吻她。

　　我的青春歲月，沒有在舞台上扮演翩翩少年，與多情女子作生死之戀。偶爾戲假情真，深深投入角色。散戲後送她回家，大膽地吻別。

　　我的青春歲月，沒有練好一身舞藝，在舞池中與舞跳

得最好的美麗女子，盡情共舞。因為跳得太好了，人們漸漸讓開，站到一邊欣賞我們的「表演」，一曲既罷，掌聲四起。

我的青春歲月，沒有揹一個背囊，到異鄉去流浪。沒有在街頭吹笛子或是在公園替人畫畫像籌旅費，也沒有與一個離家出走的少女結伴同行。

如今聽汪峰唱《春天裏》：「如果有一天，我悄然離去，請把我埋在，這春天裏。」不禁淚下。

忽然變得無意義

　　他被醫生告知已證實患上癌症，將面對一系列的治療措施，五年存活率低於百分之二十，而且不能徹底治癒，終生將與癌細胞共存。

　　他是一個冷靜鎮定的人，在醫生和家人前並沒有表現失態，只是回到家中，獨自休息時，忽然感覺許多事情變得無意義了。

　　牙醫診所開業不到一年的兒子，說要把診所結束，去讀神學，他一直堅決反對，並為此生氣。如今他想：只要他自己喜歡，自己又何必去左右他的選擇呢？不論他將來怎樣，自己已經看不見了。為另一個人如何使用生命作抉擇，不是越俎代庖嗎？

　　客廳本來鋪地毯，太太想改鋪地板，各有道理，兩年未取得共識。現在想：這樣的小事又何必堅持，她喜歡，何不順順她的意？

　　跟老吳本來是好友，後來因為在省選中老吳支持 NDP

（新民主黨），他則支持自由黨，兩人竟因此生分了，路上碰面也裝作看不見。現在想想，有這個必要嗎？

他記得曾經借過一本書給老張，這本書已絕版，他想取回，但老張說沒有借過，他為此生氣。想想家中藏書五千，如果自己離世，孩子們定會當廢紙丟棄。如果愛看書的老張喜歡，情願全部送他。

此時電話鈴響，是兒子報告孫女這次默書不及格，想爺爺告誡她一下。他對電話對面的孫女說：「爺爺好掛住你！默書不及格唔緊要！」

靈魂的樣貌

　　人的外貌只是他軀殼呈現的樣子，受他的種族、遺傳、年齡、經歷、健康等因素影響。他可能肥胖、瘦削、高大、矮小、敦厚、機靈、笨拙、瀟灑、白皙、黝黑⋯⋯

　　人的靈魂是怎樣一個樣子，卻是一般人看不見的，它可以跟一個人的外貌完全兩樣。

　　外貌會變老，靈魂卻可以永遠年青。那麼生氣勃勃的，躍躍欲試的，對前途充滿希望的，永遠不知疲倦的唱着、笑着、跳着、奔跑着。更有永遠像個大孩子，一點也不顯老的。

　　外貌可以矮小，像齊國的晏嬰，但他在外交場合的表現，說明他的靈魂是高大的、自尊自信的、機智勇敢的。

　　外貌可以粗魯不文，靈魂卻可以嫵媚動人。殺豬的屠夫業餘做票友反串唱青衣，那楚楚動人才是他靈魂的本相。

　　當然也有道貌岸然的夫子，在可以用金錢買貞操的場合中表現得猥瑣下流，是他靈魂赤裸裸的原形畢露。

手握生殺大權，呼風喚雨，滿手血腥，靈魂卻可能自卑、妒忌、膽怯。暴君到了末日才呈現靈魂的窩囊相。

　　對文人來說，文字往往是他靈魂面貌的呈現。有作家文隨人老，越來越多的想當年，越來越強調對人生的看破。卻也有人靈魂吃了長生不老藥，一直保持年青，熱情不減，愛仍在他胸懷中騷動，文字仍有爆炸力。這種內外不協調多少會帶來困擾，卻使他的作品能保持新鮮的活力。

　　當我的新書出版時，我已不太想出面推廣，因為外貌與靈魂的落差太大了。

兒時歡樂，
光景恍如昨

春去秋來　歲月如流　遊子傷飄泊

回憶兒時　家居嬉戲　光景宛如昨

茅屋三椽　老梅一樹　樹底迷藏捉

高枝啼鳥　小川游魚　曾把閒情託

兒時歡樂　斯樂不可作

兒時歡樂　斯樂不可作

（《憶兒時》　李叔同詞）

秘密

　　小孫女今年三歲半，只比姐姐小一歲半，所以姐姐有時像姐姐，硬要替她做一些事，譬如說擠牙膏，偏偏妹妹喜歡自己做，於是爭吵一番。有時姐姐又不像姐姐，跟妹妹爭東西玩。所以我送禮物給她們，一定要有一式一樣的兩個，不然妹妹要哪個，姐姐就要那個。反而是妹妹肯讓，姐姐想要她揀的那個，她肯要另外那個，反正都是一樣的東西，只是顏色不同，或一個是熊娃娃，一個是虎娃娃而已。有一次她們參加朋友的生日會回來，一人手上一個汽球。一進門，噗的一聲，姐姐的汽球爆破了。嚇了一跳的姐姐，正想扯開喉嚨哭的時候，妹妹把自己的汽球遞給她說：「給你！」我們都為她的慷慨鼓掌。

　　姐姐的聲音嬌而清，妹妹的聲音低沉，因此聽來特別老氣。我吃飯一向快，有一次因為趕着有事要辦，吃得比平常更快。妹妹一面吃一面看着我說：「爺爺，你別吃得那麼快！」一板一眼，就像阿媽跟我說話。

有一天她調皮地對我說：「爺爺，我有一個秘密。」我説：「肯不肯告訴爺爺？」她示意我附耳過去。我俯身附耳到她嘴邊，清清楚楚的聽到她説："I love you！"相信你能猜到，我這個爺爺的心有多甜！

幾歲最快樂？

　　香港友人來訪，陪同的還有她的兩位朋友。友人是醫生也是作家，出過好幾本書，有醫學知識也有散文。她酷愛旅行，卸下公職後更是馬不停蹄。

　　她的旅行目的早已不是看山看水，而是看民情，學智慧，思考人生。

　　記得她上次來的時候，還貢獻了一個晚上，開了一個健康講座，參加的人不少。因為她是醫生，朋友之間有什麼健康問題都請教於她，把她列為智慧型朋友。她這次來，我們就談了不少關節痛和老人癡呆的問題。

　　住在樓下的兒子一家上來了，已經打扮整齊準備上街。兩個孫女有禮貌地向 Auntie 和 Uncle 問了好，當然是兒子和媳婦事前囑咐過的，她們肯做我就滿意。

　　我的醫生朋友忽然向我這五歲半的孫女問了一個問題：「你覺得幾多歲最快樂？」跟着補充說：「三歲、四歲？十五、十六？」我想：她想知道孩子是懷念過去還是期盼

成長吧？這時我的孫女清楚地回答道：「我覺得幾多歲都快樂。」

這出乎意料的答覆使我們全體鼓掌了。她沒有被別人的問題牽着走，她肯定過去，她滿足於現在，她又對未來充滿信心。孩子，祝福你！願你真的幾多歲都快樂！

惻隱童心

　　與兩個孫女在 YouTube 上看卡通片，看了《三隻小豬》、《拔蘿蔔》，再看《小白兔和大灰狼》。

　　兩個孫女一個五歲半，一個三歲半，都聰明伶俐。聚精會神的看着。

　　白兔媽媽有三個孩子，她上街之前吩咐孩子把門關好，別讓壞人進來。

　　大灰狼聽到白兔媽媽回家時在門外唱的歌：

　　小兔子乖乖，把門兒開開，

　　快點兒開開，媽媽要進來。

　　這使我記得七十年前的幼兒園已經唱這首歌，這故事也是歷久常新。

　　大灰狼一出現，小孫女已經緊張地拖着我的手，一臉擔心。後來大灰狼假扮白兔媽媽被識破，小白兔用計夾斷了大灰狼的尾巴。本以為小孫女會高興歡呼，誰知當那截斷尾流出鮮血來時，小孫女發出不忍心的呼叫，掩眼不看。

原來童稚的心更懂得寬恕，有更多的同情和不忍。他們看到大灰狼失敗了就已經滿意，毋須接受血的教訓。

　　這就是所謂赤子之心吧，天真、純潔、愛與同情佔滿了整顆心，沒有仇恨容身之地。

　　這世界太多鼓吹仇恨的言論，在三歲的孩子面前，他們太醜陋了。

女兒的第一首詩

他是詩人，但詩不能換飯吃。

他是一間大專院校的鐘點教師，薪酬只是他妻子的四分之一。他的妻子是一間大酒店的人事部經理。

妻子的收入雖然比他多，但從來不因此在家裏表現其優越感。所有應做的家務，她都樂意承擔。她對朋友說：「我就是喜歡他的詩，才嫁給他的。」

他們有一個四歲的女兒，取名詩詩。詩人爸爸很着重她的詩教，如今詩詩已經會背誦唐詩超過五十首。她也會背爸爸的詩，而且懂得分別用粵語和普通話背。當有朋友來探訪，或是朋友們聚會時，詩詩背詩是必備節目。

詩詩開始上幼兒園認字寫字了，詩人爸爸期待孩子創作的第一首詩。他說孩子的詩是天籟，是無須教也教不來的。

終於在一張圖畫功課上，詩人看到兩個人頭，長髮的是媽媽，戴眼鏡的是爸爸，旁邊寫了幾行字：

我很愛很愛爸爸

我很愛很愛媽媽

我愛得他們想哭了。

「瞧，詩詩的第一首詩！」詩人拿給孩子的媽看。他的
鼻子壅塞，他在抹眼淚。

乳燕歸巢的叮嚀

女兒從英國學成歸來，很快找到一份理想的工作。讀書和做事是兩回事，做父親的對初出茅廬的她有一肚皮的話想說。用文字告訴她更有條理，還可以經常溫習。她如今已置身管理層，工作經驗比我們更豐富。但當時的這些意見，仍值得年青的朋友借鏡。

乳燕歸巢

女兒從英國打電話回來，報告了歸期。

我的心裏喜孜孜的，我們一家快團聚了。

她回來之後要找工作，工作不一定容易找，她要打許多許多的信，要經過一次又一次的筆試和面試，可是我不會為此焦急，因為團聚的喜悅蓋過一切。

我們不必每逢佳節倍思親了。我們可以一同解端午節的粽子，一起切中秋節的月餅，也無須把利是夾在信中寄了。

我們可以面對面的唱生日歌，手把手的切蛋糕，不必通過 IDD 說生日快樂，而讓快樂缺去一角了。

　　祖母聽新聞報告時，不必再特別留意英國新聞，北愛共和軍、倫敦大風雪，再也與我們無關，不必再為這些擔心。

　　我們也不必再盼望暑假。過去幾年的暑假很快樂，女兒回來，我們一同遊覽華東九個名城；我們一同去北京，憑弔圓明園，爬長城；我們也曾叫她別回來，讓我們與她一同到歐洲去兜了個圈兒，再到英國去看看她讀過的學校。可是兩個多月的暑假仍覺短，每次在機場分別時，她和她的母親仍然眼中有淚。好了，這次回來，我們不必再數她還有多少在家的日子。因為乳燕已經歸巢，她將長在我們身邊。

　　家裏將比以前更擠，因為回來的不止是她，還有一大堆的大熊、小狗。小小的糾紛也會增加：爭電話、爭浴室、爭電視又多一人。電話鈴聲將會不停地響，上門的年輕朋友也將絡繹不絕。可是這些麻煩本身也飽含喜悅，重聚的快樂勝過一切。

　　快為她準備乾淨的被鋪，快把她借給弟弟使用的書桌收拾整潔，記得通知她的幾位好友，他們曾經打電話來說要接機。祖母將為她準備一桌好菜，爺爺會高興地多喝一杯。

入行難

女兒已經找到她的第一份工作，我們全家都歡喜。

其實她讀書回來還不到兩個月，能找到一份能夠學以致用的工作，已是十分幸運。

她回港之前，電視台播放了一個留學生回港求職難的專輯，看到那些青年人找不到本行工作，只能去做導遊、推銷員一類職業暫時棲身。專輯報道了他們的徬徨、苦悶，使我很感不安，為他們，也為我的女兒。

一個世侄學成專業回來，一間建築公司答應請他，三千元左右的月薪，卻要他每天長駐地盤十二小時。

一個世侄女也是回港好幾個月找不到理想的工作，索性申請獨立移民，很快被批准回到她讀書的那個國家去了。

女兒回港不到一個月便嚷着說悶，英文報紙上幾十頁的請人廣告，適合她的卻絕無僅有，即使有，也強調一點，就是需要工作經驗。這一份要五年工作經驗，那一份更長，要至少七年。女兒氣憤地說：「沒有新人，哪有舊人？人人都要求僱員有工作經驗，叫我們如何入行！」

我說：「這因為你們剛從學校出來，實際的工作不一定應付得來，即使能做，也做得慢，做得不好。公司不想花錢請人回來，還要另外花錢訓練他們。更何況公司急着用人，他們希望一下子就請到熟悉業務的僱員投入工作，這是十分自然的事。」

女兒說：「難怪潮流興跳槽了，老闆鼓勵別間公司的職員跳槽來自己公司，卻難防自己公司的職員跳槽他往。只苦了我們這班未入行的新人，被冷待，被刻薄。」

我說：「少安無躁，到他們請不到人時自然會被迫用你。」果然，我的樂觀沒有落空。

面試記

女兒接到她求職的機構約她面試的信，既高興又緊張。因為這是一個有名氣的大機構，要求的學歷又與她所具備的符合。

我把周兆祥、周陳文琬合著的《求職擇業》拿給她看，上面有整章應付面試的策略。周女士是中文大學學生事務處的負責人，從事學生升學就業輔導工作多年，這方面的意見當然值得信賴。

我又叫女兒到那間機構所經營的場所去「考察」一番，先作為一名顧客去了解一下，體驗一下，待面試的時候有話可說。

女兒又怕離港幾年對香港的現況不夠熟悉，問及這方面時啞口無言，於是又借了《香港年報》回來，讓她急補一番。

她母親則為她張羅見工的衣服，女兒本來的衣服不是

太稚氣，便是太隨便；店裏賣的那些套裝，似乎又太名貴、太老氣。結果還是借了她大姊姊的幾件衣服，穿起來很覺舒服自然。

面試的地點離家頗遠，時間卻頗早，於是大家又七嘴八舌的為她設計交通路線，又查地圖，又打巴士公司的熱線電話，終於決定了一個最佳方案。

女兒面試回來並不樂觀，她嫌人家問得她太少，恐怕沒有用她的興趣。可是幸運地約她再去見一次的電話來了，她又嚷着說精神壓力大，見了一次又一次，如果還是落選，豈不好「瘀」？

我們惟有開解她說，就當是吸取人生經驗吧。

想不到人家第二次見她時，當面告訴她已決定聘用。我恭喜她說：「第一份獲得面試的工作就被聘用，足見你實力很強。」

她說：「有其父必有其女嘛！」

叮嚀幾句

女兒要上班了，少不免叮嚀幾句，希望她不要嫌我囉嗦。

我說：讀書和做事完全是兩回事，你書讀得不錯，不表示你做事也能幹，因此你一定要虛心學習。不但向地位和

學歷比你高的人學習，也向地位和學歷不如你的人學習。

我說：做得越多，能夠學到的也越多，因此不要「練精學懶」。千萬不要把工作只當作「揾食」，要把它當做一種社會服務，讓別人從你的服務中獲得益處。看到自己的工作意義，才能提高工作的積極性，即使辛勞和忙碌也不會抱怨。

我說：不要以為所有的同事都會幫助你這個新加入的小妹妹，因此不要寄望過高，以免失望。也不要以為別人都想欺負你這個新丁，沒有弄清楚就擺出一副不可侮的戰鬥格。不要奢望你會結識一些知己好友，卻要努力使每一個人都是你的好同事，合作愉快。

我說：大機構人事複雜，不要隨便被人籠絡，糊裏糊塗的被人拉進了某個陣營和派系，糊裏糊塗的做了派系鬥爭的犧牲品。

我說：一個僱員的地位和價值，完全視乎他在工作方面的努力，因此一定要精通業務，而不是靠什麼阿諛奉承建立的人際關係。

我說：看比聽重要，因為聽回來的東西可能不盡不實；做又比看重要，因為我們有時會被假象所惑，或者看見的只是一些皮毛；唯有投身去做，才有第一手的深切了解。

我說：不要憑人家的外表來判斷人，因為人不可以貌相；也不要單憑一個人嘴裏說的就去相信他，聽其言還要觀其行。

我說：不要怕困難，開始一種新的工作，要有克服九九八十一難的心理準備，不要稍遇麻煩便心虛膽怯，要硬着頭皮頂上去！

不甘後人

孩子：

你從大學出來，順利地找到一份工作，與你所學，頗為吻合，你很高興，我們也為你高興。

可是你今天回來卻不大開心，原來有人學歷低你一級，職位卻高你一級。只因他的位置，在一個月前招聘，那時你正在歐洲的湖區玩耍，人家捷足先登，有什麼好埋怨的？

人生際遇，順逆難料。就像開車，有時綠燈直通，順暢非凡；有時卻逢燈皆紅，也只得耐心等待。

從學校出來，最要緊的是吸取做人做事的實際經驗，薪酬和地位，不必過分計較。職位較低，負的責任自然較輕，精神壓力不會太大，對一個工作新手來說，是一件好事。

只要自己有真材實料，能做肯做，將來何愁沒有升遷的機會？倒是小弟弟說得對：「第一個月的薪水還不曾到手，就想升級，你心唔心急啲呀？」這倒是旁觀者清啊！

希望你不要羨慕別人，更不要妒忌別人。由羨生妒，就會影響你與同事的關係。一群同事，和衷共濟，把工作做好，是一種很大的快樂。互相嫉妒，各懷鬼胎，工作成績定受影響，工作環境也變得惡劣，使本來美好的日子變得苦悶難耐了。

　　當你得知公司取錄你的時候，你是何等的欣喜？現在一切都沒有改變，為什麼你的歡喜卻變得淡薄了？這都是與人比較之故。這樣的比較實在有害無益，白白失去了一份歡喜快樂，這是多麼的不值，又是多麼的不智呢！

　　其實與人比較，永遠難得滿足，到你升級之後，依然有人在你上面。能使我們滿足的是工作對社會的貢獻，在這一點上我倒是希望你不甘後人的。

（為孩子「補課」之一）

財富迷人

孩子：

　　我不知道你第一次領薪水時的心情如何，想必是十分興奮的吧？從前到手的錢都是父母給的，如今卻是靠自己的本領掙回來的。

　　出糧簿上的數目字十分可愛，你是不是盼望它一天比一天大起來？到那時更是百讀不厭，一面看一面微笑了。

金錢的確是十分迷人的東西，憑了它幾乎可以換取一切美麗可愛的東西：皮裘、鑽石、名車、別墅……憑了它甚至可以換取名譽、地位，包括各式各樣的名銜：政府頒發的、大學頒發的、國王頒發的……憑了它還可以換取愛情，買玫瑰花也要錢嘛，何況其他無數可以打動芳心的珍品？就算是買回來的愛情吧，有時還難分真假。憑了它，有時連最不能購買的生命也一樣成為貨品。當窮人在輪候公立醫院的專科治療期間死去時，富人卻第一時間找得名醫驅除了病魔。雖然最終窮人和富人都會死去，但富人因為有錢獲得及時而高質素的治療，把病醫好之後多活的幾年甚至幾十年，不就是買回來的生命麼？

年青人是比較進取的，對財富的擁有也一樣熱切。我不會故作清高，反對你成為一個富有的人。但金錢卻同時是一種有毒的東西，中了它的毒，會使一個人神志昏迷，做出糊塗事來，包括違法亂紀的罪行，落得身敗名裂，後悔莫及。中了它的毒，又會使美麗的心靈變質，善為惡代替，愛為恨代替，人性被獸性代替，那損失是無法計算的。

對金錢要始終採取冷靜的態度，不該取的錢，不論來得如何容易也分文不取。應該用的錢，不論是如何的不捨，也絲毫不吝。金錢是可愛的，當你能控制它的時候。金錢是可怕的，當你被它控制的時候。

（為孩子「補課」之二）

好人壞人

孩子：

　　你在外地讀書時，曾經寄過一張全班同學名單的影印本回來，上面並且有他們的照片。你在他們的名字下面，加了短短的評介：

　　「好好人！」

　　「壞人來嘅！」

　　「……」

　　就像小朋友看戲一般，把戲中角色分為忠、奸兩類。從前大部分的戲劇人物都是忠奸分明的，這種簡單的分類法倒也行得通。如今卻流行正邪不分，忠奸難辨。例如劇中的黑社會人物，所作所為大多違犯法紀，做父親的陪孩子去看戲，當然不能告訴孩子說：「這是好人。」可是這些人在戲中卻又慷慨豪俠，義薄雲天。做父親的也無法告訴孩子說：「這是壞人。」

　　生活在自己周遭的人物，當然有好壞之分，但大壞蛋和大好人都很少，多的是既有缺點，也有優點的普通人。

　　因此，希望你不要將你的同事簡單地分為兩類。

　　當你把一個人簡單地定性為好人時，你可能對他過分的信任，過分的高估。到有一天發生某一件事，他的缺點暴露出來時，你又會因失望和詫異而大大的傷心，再錯誤地把

他定性為壞人，從此對他切齒痛恨，再不往來。

當你把一個人簡單地定性為壞人時，你便會對他存有成見，他做的明明是好事，你也會以「扮嘢」、「騙人」、「另有目的」去看他的一切。這就會使你失去客觀、公正的標準。

因此，別忙着為你的同事加上簡單的好、壞標記。更不應情緒化地以不同的態度對他們。我們要求同事的事首先是工作上的合作，與做朋友是兩回事呢。

（為孩子「補課」之三）

長跑者的話

　　寫作超過一甲子仍未停
筆，我是文學道路上的一名長
跑者，詩、散文、小說、兒童
文學都曾嘗試過，也積累了一
些經驗，有個人的看法，與後
來者分享，不亦樂乎！

誰有不平事？

十年磨一劍，霜刃未曾試。

今日把示君，誰有不平事？

唐‧賈島《劍客》

作為文人，不善使劍。即使懂劍法，這也不是一個武俠的時代。

自小多才學，平生志氣高。

別人懷寶劍，我有筆如刀。

宋‧汪洙《神童詩》

是的，我有一枝筆，邊用邊磨，接近六十年。無意做刀筆吏，也知道文字可以殺人不見血。因此使筆如刀一向謹慎。因為你所寫的是一面之詞，對方難有反駁機會。因為你

掌握文字技巧，對方在這方面處於弱勢。因為對方可能看不到你的攻擊，當許多人受你的文字影響時他卻懵然不知。

我寧願我這把刀用來削蘋果、切梨子，讓大家享受生活的甜味。也喜歡用這把刀裁紙刻石，讓大家領略生活的雅趣。這把刀更可以切蛋糕、批薯仔，添加家庭的温馨。

但當人間出現不平，強權囂張，公理不彰，正義受壓，生靈塗炭時，你如不是冷血動物、怕事之徒，自然會血脈賁張，要為真理正義發聲。這就是用筆的時候了。

也知道書生的一枝筆在強大的權力機器前猶如螳臂擋車，卻總要相信如果有千萬枝筆提出相同的訴求，那力量還是不容輕忽的。

而至少在發聲之後，對個人的良知也有一個交代：我關注了，我發聲了，我表態了，我對得起我這枝筆。

獨立評論人

　　做一個獨立評論人是愉快不過的事，因為可以憑良知發言，有話直說。

　　做一個獨立評論人不易，因為首先要找到自由發表的平台。這個平台的老闆和主持人（編輯、台長）都有容納異見的胸襟。他們即使很不同意個別作者的意見，只要不涉誹謗，不損道德，仍然給他們發表的機會。

　　做一個獨立評論人還得生活在言論自由的國家，不會因言賈禍，沒有文字獄。

　　做一個獨立評論人不牽涉任何政黨或財團利益，無偏幫的動機，無討好的需要。

　　做一個獨立評論人要廣泛吸收資訊，把多方面尤其是正反兩方面的意見都徹底了解，免得偏聽偏言，受到誤導，再去誤導別人。

　　做一個獨立評論人要提防各種形式的統戰，請吃飯，邀寫稿，漸漸加強與他的關係。到節骨眼上，評論員難免手

下留情有所偏幫。因此主動送上的友誼，也要看來者是什麼人。

做一個獨立評論人還需要一點勇氣，敢於面對因直言而帶來的壓力，包括恐嚇、孤立、造謠、打擊。

做一個獨立評論人要謙虛、謹慎，筆下小心，別冤枉了人，哪怕他並非好人。說錯了就認錯，別強詞奪理。獨立評論人的公信力不是一朝一夕建立的，公正無私，長期堅持，他的努力將會有目共睹。

寫作人的檔次

同為寫作人，卻分諸般檔次，試由低說起。

最低的該是「文丐」了吧，乞丐在街頭呼喊善心人施捨，文人靠搖筆桿討人歡心，乞取餿餘，性質真的差不多。

稍高的該是「爬格子動物」，本是寫作人自謙之詞。自認「動物」，比人還低了一等。如今電腦打稿，無格子可爬了。

對上的該是「稿匠」，寫字工匠而已。其實生活中的許多「匠」，收入都比「稿匠」高。

同等的有「寫稿佬」，粵語中「佬」帶貶意，如寫信佬、賣魚佬、豬肉佬、戲子佬等等，在大眾心目中皆非高級。

至於「作者」，其實不算是一個名銜和職稱，只在與編者、讀者並列時使用。

終於輪到「作家」了，有朋友謙虛不敢稱「家」，我說六歲的小孩可稱小畫家，你怕什麼認作家？不過作家太多，有人稱幾位知名度最高的為「大作家」。

「作家」之中有類別，「專欄作家」在報紙上有個框框，不一定曾出書，也不一定有文學價值。「小說家」不知是寫愛情小說騙少女還是寫武俠小說騙少男？「兒童文學家」當然是用小白兔豺狼騙孩子的了。作家中地位最高是詩人，原因之一是他們不靠寫詩混飯吃。

寫作人的開心事

　　這是文章不值錢的年代，鼓勵一個作家繼續寫下去，是因為他們通過寫作有機會碰上一些開心事。

　　且講一些自己的經驗。

　　往一間學校參觀，被帶進教師休息室。老師們大部分去了上課。老師們的辦公桌各有面貌，有的清爽，有的擁擠。其中一張桌子佈置得最是雅致，還放了一個小盆栽。再一看桌面的玻璃下有這位老師的上課時間表，時間表旁邊有一份剪報。看清楚這份剪報，原來是我寫的一篇專欄文字。大概這位老師認為值得一看再看，就把它壓在玻璃下。

　　收到一封電郵（我的郵址印在一些書後），來郵的女士說她失明的母親喜歡我的文章，所以她時常讀我的書給她聽。我毛遂自薦，願意上門親自讀文章給她母親聽。約定那天，她母親穿戴得整整齊齊，聽我讀了五篇文章。她給了我很大的鼓勵。

　　香港一間小學的老師通過教協傳來九篇學生寫給我的

信，她的學校舉辦了一個「向作家致敬」的活動，這批學生是向我致敬的，都讀過我的書，並有小小的讀後感。

溫哥華一個朋友打電話來，說在電視台一個通識節目中看到兩個小朋友用普通話朗誦我的詩，一個拿冠軍，一個拿亞軍，都表現得很好。我知道這是香港朗誦節的節目介紹，我雖然沒有聽到，仍是歡喜的。

一個讀者寄來兩個兒子的照片，一個八歲，一個六歲，都是我取的名字。看着兩個男孩頑皮的樣子，我微笑了。

文字知己

　　魯迅贈瞿秋白聯的上聯：「人生得一知己足矣！」魯迅這句話同時反映了知己的難求。

　　知己難求，文字知己更不易得。

　　因為對方還得具備相若的文化程度，才能欣賞到你文字的精妙之處。很多時作者嘔心瀝血鑄造的作品，大部分人都是匆匆讀過，沒有什麼感受。只有文字知己，能讀出你的用意，你暗藏的機鋒，你的另有所指，你的明褒實貶或明貶實褒，你的憾，你的痛，你輕描淡寫下的沉哀，你笑中的淚，你的隱喻和暗示，你的得意之處和力不從心的缺失。

　　他還得與你有共感，大家同喜同悲，經常為你的見解浮一大白。你的不合時宜，他無限欣賞。你的孤傲，他認為理所當然。你對事理的分析，他擊節讚許。你對人對事的臧否，他無不同意。他會剪下你的文字，貼在日記簿上，他看到愜意之處，就會打電話或發電郵給你表示讚許。

　　跟一般人聊天，都是生活瑣事，言不及義。高一級則

論政治，談宗教也無妨。只有文字知己可以談文論藝。一首詩中的一字一句，可以討論半天。談到大家喜歡的作品，可以同時朗誦，愉快非凡。身為寫作人能有幾個文字知己，是無比幸運的事。

安心做個說故事的人

　　《禮記》中的「苛政猛於虎」，歷代都具現實意義。孟子知道故事的力量，他周遊歷國，推銷他的政治理念，對那些還肯聽話的國君，用故事打了不少比方。莊子更是說故事的能手，「庖丁解牛」、「邯鄲學步」、「運斤成風」、「蝸角之戰」、「屠龍術」莫不充滿智慧。列子的「杞人憂天」、「愚公移山」、「歧路亡羊」也都引起我們思考。毛澤東著作中的「老三篇」就包括他寫的「愚公移山」。《呂氏春秋》中的「割肉相啖」諷刺了愚勇，「伯牙破琴」歎知音之難求。而「掣肘」的故事還是現代官場的現實。《韓非子》的「自相矛盾」、「守株待兔」已成日常用語。《淮南子》中的「塞翁失馬」安慰了不少人。劉向的「葉公好龍」對某些政客仍是一針見血的諷刺。柳宗元的《捕蛇者說》從另一角度譴責了苛政。故事從來是智慧的結晶，是戰鬥的武器，也是人生的指南。

　　司馬遷用故事寫歷史，同時成為文學的典範、文化的

瑰寶，影響之大，難以計算。羅貫中、施耐庵、吳承恩、曹雪芹、蒲松齡等偉大作家和許多無名氏說書人，他們的作品多少年來陪伴着我們成長，娛樂了我們，餵飼了我們，影響了我們。我們的生活、思想中都混雜了其中某些因素，有正有負，深入骨子，無法撇清。

魯迅知道故事的作用，寫了一批《故事新編》，莫言在獲得諾貝爾文學獎後提到其中《鑄劍》對他的影響。金庸用他的故事迷倒各個階層的讀者，其影響力還會一代一代延續下去。

從考取師範學院開始，我就決定做個兒童文學家，像安徒生那樣說故事。不但說給孩子聽，也說給孩子的父母和老師聽，要通過他們，故事才能獲得更好的傳播。我在香港一份大報知名的《兒童周刊》上練筆多年，再用一百多個星期的時間每週一篇為《明報》寫了一百多個兒童故事，結集出版了《阿濃說故事 100》。封底寫明「從三歲到一百歲都適合的兒童故事」。時代感、中國風、趣味性、孩子心、教育意義都蘊含其中。這本書獲得「香港中文文學雙年獎」，銷數已近三萬冊（我在乎銷量），更使我高興的是多次收到由老師集中寄來的孩子對這些故事的感想。

定居加國後，我看到華人父母對孩子學習中文的熱心，他們送孩子去讀「中文學校」，可惜半途而廢和徒勞無功的佔了很大比重。我估計學習的實用性不強，趣味性不足

是兩大失敗因素。我認為孩子長大後用不用中文不要緊，但身為華裔，精神氣質上擁有一點中國優秀文化傳統，生活中能活用中國先哲的人生智慧，反而更重要。通過故事正可以達到這個目的。而且不但海外的孩子有此需要，兩岸三地的孩子同樣如此。為此我寫了《老井新泉——中國人的智慧》、《古典今趣——中國人的幽默》、《去中國人的幻想世界玩一趟》、《美麗的中國人》，可稱為「中國人故事系列」，反應都很理想。正如公仲上期（《世界日報》《華章》版）說的：「不論身在何方，只看心繫何處。人性的大愛、正義、善良、寬厚、忍讓會給你指出一條正確的人生道路。」我說的故事也正沿着這個方向創作。

華人文學道路千百條，姿彩萬千種，我只守着本源，為稚嫩純潔的心靈灌溉滋潤的泉水，安然地為他們講述美好的故事。

好的故事

中國是一個故事大國，好的故事難以計算。光是成語故事就以萬計，還有歷史故事、民間故事、神話故事……最重要的傳統節日莫不附有一批故事，最廉價的民間娛樂便是聽故事。著名的作家幾乎莫不受童年聽故事影響，最近的一個是莫言。中國作家富豪排行榜中，二〇一二年的冠軍是鄭淵潔，他主編的《笑話大王》全部由他執筆，創刊那天已賣三十多萬份，他的年收入是人民幣二千六百萬。

我也是一個說故事的人，前後寫了幾百個故事，其中一些正在學校和家庭被講述。我相信我寫的故事的生命比我的生命更長。當然，那是一些寫得比較好的故事。一個好的故事是怎樣的呢？

當小朋友看這個故事時，覺得情節和人物都很有趣很吸引，這是第一階段。《西遊記》做到了，金庸的武俠小說做到了。

當小朋友長大了，他還記得那些故事。當某一天他遭

逢一件事，難以決定時，忽然靈光一閃，故事中的道理啟發了他。很多成語故事做到了，像揠苗助長、唇亡齒寒、鞭長莫及、三人成虎等等。這是第二階段。

　　小朋友由成年變成中年或老年了，他偶然會講故事給自己的孩子或孫兒女聽，講着講着忽然悟到故事中的哲理，有一種恍然大悟的快樂，整個人好像獲得解脫，無比的輕鬆和快樂。《莊子》、《列子》、《聖經》、佛經中的一些故事做得到。這是第三階段。

長跑者的話

數一數在創作路上走了多少年，驚訝地發現剛好是六十年。多少同輩人甚至後輩，已經從跑道上撤退，我還在這條路上走着，步履仍穩。

是什麼讓我保持這份毅力、韌力和興趣？

第一是掌聲。寫作也是一種表演藝術，歌唱家、舞蹈家、演員需要掌聲，寫作人也一樣。歷年所拿的獎項和榮譽，作品的銷量，都是掌聲。足以維持我在長跑線上竭力舉步。

第二是稿約。寫作人是自由職業者，沒有人給他工作，總不能長期寫作自娛。慶幸在如此長遠的歲月中，稿約不斷。有的專欄寫了幾十年，報紙改版，編輯換人，但地盤仍在。靠的是專業精神，負責態度。別使編輯為難，別讓讀者失望。專欄在，你就無法停筆。傳真未普及時，為及時交稿，要乘巴士、搭船（未有隧巴、地鐵）、跑斜路上荷里活道送稿。電腦未普及時，如要遠行一個月，出發前要多交一

個月稿件。六十年來未脫過一期稿。

第三是跟上時代。時代在變遷，六十年起碼是三代不同的讀者，即使是同一代的讀者，他們的口味也在變。面對年輕一代，不忘長者朋友。每日聊天仍有新話題，創作故事，蘊含新思維。舊讀者不離不棄，新讀者陸續加入，此乃老牌子生存之道。

第四是自得其樂。不問稿酬高低，不計較讀者多少，一首小詩，一本小說，同樣帶給自己快樂。不寄望身後之名，但求眼前有知音，長寫長有長滿足。

老母雞下蛋

據說一隻蛋雞在孵化後六至七個月便開始下蛋，到四百四十天之後產蛋量已大為減少，最多捱到五百五十天已到盡頭，要淘汰了。雞場養的專用來生蛋的雞和家養的自然生長的雞又不同，自然生長的雞壽命較長，但一生所下的蛋較少。老母雞像中年婦女一樣，到了某個年齡便停止排卵。

寫作人生產作品，也有類似情況，有一個旺盛的生產期，靈感充沛，每天可產數千言。但隨着年齡的增長，產量日漸減少，到最後筆底枯澀，只能停產。擁有大量讀者的幾位香港大作家已停筆多時，或許就是如此情況。

大作家們不愁稿約，你肯寫就有人會刊登會出版，可是他們不為所動。相信他們也曾考慮過。

我的新作能有新意嗎？如果只是重複從前所寫，有什麼意思呢？連自己都沒有新鮮感，何況讀者？沒有新意即是過時，過時的服裝沒人買，過時的作品也一樣。

我寫的作品水平能勝從前嗎？自己已站在文學成就的

高位，新作如果落在較低的位置，不但影響別人對自己的評價，也會使許多粉絲失望。

我還能享受創作的樂趣嗎？創作力旺盛時，奇思妙想，湧現筆端，寫得很暢順很開心。到思路阻塞，下筆維艱時，樂事變成苦事，就會下一個結論：何苦！

寫作人到了老母雞的年齡，偶然下幾個蛋湊湊趣是可以的，跟生產量旺盛的中青年作家比拼，只會累死。

詩的雜談

　　我的藏書以詩最多，說明我愛讀詩。我的作品中有詩集，但沒有人叫我詩人，說明我在詩壇影響力不大。我對新詩的看法比較保守，但不少人有同感。我認為在新文學運動中，新詩走得最前，卻也錯得最大。我等待新詩重新出發。

假格律詩

　　格律詩有它的優點，主要是讀來和諧鏗鏘，因為它講究平仄和押韻。古人熟悉格律，駕馭自如，產生無數傑作。近人能掌握格律來寫舊體詩的不多，年青一代改寫新詩，喜愛其無拘無束、自由自在，無須因將就平仄、韻腳而犧牲最好的字詞。

　　但自由體的新詩很容易變得散文化，如果詩味不足，連詩的樣貌也不存，很難說它是詩了。

　　我覺得在嚴謹的格律詩和自由的新詩之間，應容許一

種假格律詩存在，也就是寬鬆的格律詩。我奇怪當年提倡新詩時沒有將此作為過渡期，而完全決絕地去格律化。

我心目中的寬鬆格律詩體，句式仍然整齊，基本上仍是五言、七言，但可以四言、六言、八言以至更長。仍然押韻但不依韻書。不論平仄，但讀來順暢不拗口。

友人母女自山東移民加拿大緬省，面對重重困難，以詩贈之，可作為舉例：

《兩戰士》
來自黃河邊，轉征紅河旁。
英勇兩戰士，異國來拓荒。
滿途是荊棘，窄路比羊腸。
難題九十九，煩惱千百樁。
一點雄心在，攜手並肩上。
破釜沉舟志，何懼風與霜。
勝利指日在，同慶待舉觴。

學詩須學古典

學習書法的總是向古人學，篆呀、隸呀、碑呀、帖呀，這就打好了基礎。有了紮實的基礎才能建立自家面貌。如此學習書法算是走對了路子，所以現代有大量字寫得好的書法家出現。

可嘆在詩的學習方面，倒不曾有一個共識，就是要向古典詩歌學習，才有基礎寫出現代好詩。

新詩開始時還有人沒有完全捨棄傳統，寫出一些像樣的作品。後來新詩全盤西化了，不止西化，而且「現代」化了。何謂「現代」詩，就是注重只有作者自己明白的一些意象。大家隨着跟風，就越來越語無倫次了。這樣的詩還真容易寫，我一個小時可以寫幾十首，混在那些現代「詩人」的作品裏，保證你分不出來。

結果這樣的詩自食苦果了，就是沒有人看，沒有人誦，沒有人會背，沒有人出口就是新詩。

除極少數從古典吸取了營養的新詩之外，讀現代新詩學寫詩只是浪費時間。要讀就要讀古典詩，當然是那些經過淘汰的選本，從《詩經》到《樂府》，到漢魏六朝作品，到唐詩、宋詞，以至清朝一些名家詩詞。

可以説搞現代詩的人視為瑰寶的東西，在我們古典詩歌中都有，而且以高級形式存在着，那些外國現代詩的口水，在我們古典作品面前，幼稚班而已。

談詩集

古人出詩集多，今人出詩集相對少。所謂相對，是古人之文集、詩集大約各佔一半，今人之文集比詩集多得多。

許多古人有詩集無文集，或詩集傳世而文集讀者不多。今人則大多有文集無詩集，以文傳多於以詩傳。

現代文學書中之「票房毒藥」首推劇本，其次便輪到詩集。因此出版社肯印詩集者不多。也因此詩集要自掏荷包印刷的佔較大比例。

詩集是作家們最自戀的作品，因此自資出版時力求版本精美典雅，甚至不惜工本，以最花錢的裝幀去製作。

太淺白的詩，讀者嫌寡；太深奧的詩，讀者懷疑你在騙人。似懂非懂，但讀起來有感覺、有感動的詩最為現代讀者受落。

詩集最大的去處是贈閱，舊書攤上不少詩集有作者的簽名和獲贈書者的名字。詩集而有人買，不論多少，已屬難得。詩集而能再版，作者可無愧詩人稱號矣。

古人詩集有很多膾炙人口的詩篇，今人詩集能有一句流傳已是無比幸運。

古代文人幾乎沒有一個不會寫詩，當代文人自以為會寫詩的多，但真正會寫詩的少。

書店裏的詩集被拿起來讀幾行又放下的佔百分之九十九。

不出詩集死不瞑目

一位小説寫得很好的朋友告訴我，她正在整理詩稿，準備出一本詩集。因為畢竟寫詩多年，好歹也得留一本集子。我説：寫詩的人不出詩集死不瞑目。

在圖書市場上，文學類中的劇本是第一票房毒藥，詩集是第二票房毒藥。但詩人們不理會這些，沒有出版社肯出版便自費出版。我收過一本集子，是詩人把報章上發表過的作品，剪貼成冊，以最低費用原樣印製，連打字和排版費都省掉。詩人早逝，這是他唯一的遺作。

作家出詩集的心結是因為他覺得這些作品最能表達他內心最深處的感情，也最能表現他的文字技巧，是他心血的結晶。不少作家被稱為「詩人」時有較多的喜悦，雖然在許多人心目中，「詩人」接近傻子、瘋子甚至騙子。

從古至今，個人的詩集能廣為流傳的其實數目有限，最暢銷的仍是一些合集，如《千家詩》、《唐詩三百首》。

新詩滯銷的主要原因仍是看不懂，的確現代詩壇一般人看不懂的詩多於看得懂的詩。這不能歸咎於讀者水平，因為一些有學問的讀者能讀得懂古詩，卻看不懂某些新詩。

新詩之寫得別人看不懂，原因很多，包括：西方影響、風氣使然、有所偏好、誤入歧途、故弄玄虛等等。不必責怪那些晦澀的詩人，他們已經自己懲罰了自己，就是沒有人記得他們寫了些什麼。

詩集有人買嗎？

想出一本精裝的詩集，以愛情為主題，目的是讓自己開心。長期合作的出版社初步表示願意幫我出，後來陸續提出要求，先是希望除詩外也有散文，我答應了。後來說開過工作會議，再提出幾個意見：一是進一步減少詩的比重，這是市場部的意見（他們認定詩是票房毒藥）。二是把愛情從男女之情擴充至不同層次，舉例為諸葛亮的《出師表》、林覺民的《與妻訣別書》。媽呀，這不是叫我編課本嗎？立即以電郵通知取消計劃。

本來詩集的確是票房毒藥，據說如今在日本，詩人也大多自費出版，印那個幾百本，自己過癮。即使最有名的專業詩人，印數也只區區幾千冊。不過萬事都有例外，一位叫柴田豐的老太太，二〇一一年時九十九歲，出了一本詩集叫《永不氣餒》，二〇一一年三月出版以來，銷量已突破二十三萬冊。名列暢銷書榜，連諾貝爾大熱村上春樹的《IQ84》排名也較她低。

台灣詩集最暢銷的有鄭愁予，《鄭愁予詩集》於一九五六至一九八六年三十年間出了二十八版，同期席慕蓉的《無怨的青春》出了三十六版。至於賣得快的還有席慕蓉的《七里香》，一年多銷到第十版。《無怨的青春》兩年多創下三十版的紀錄。

這說明詩集不一定是票房毒藥，還要看能不能感動讀者。請看九十九歲老人家的詩：

就算九十八歲 / 也要戀愛呀 / 看似像在做夢 / 我的心已經飛上雲端

九十八歲也不肯寫教科書，這才是詩人。

不一般的詩集

藏書泛濫到地面，買了六個三層的小書櫃，讓它們分流。順便整理一下，一本裝幀獨特的書吸引了我的眼球。書名是用篆體寫的「妻」字，作者秦天南，記得他是有名的電影編劇，想不到他也寫詩。

書是從圖書館舊書廉售活動中買回來的，只售加幣五角，買回來好幾年了，還不曾細讀。

一打開就見到「獻給楚君」四個字，楚君是他妻子李楚君，據說也是作家。

書的開度較長，但用很小的字排印，考考那些視力欠佳的人。全書五十九頁，刊詩三十一首，有小克的幾幅插圖。設計人是吳漢霖，每一頁只用六分一至十二分之一的

篇幅刊登內容。留下空空的「天地位」。出版者是「四季編輯委員會」，《四季》只出了兩期，編輯包括也斯和秦天南自己。

詩體屬「現代詩」，在可解和不可解之間。我完全明白且喜歡的是那首《夏》：

> 我是一個 / 在樹下乘涼的詩人 / 旁邊有一頭 /
> 在樹下乘涼的狗 / 而樹可不管這些 / 自家儘在 /
> 搖自家的扇

有趣的擬人法把夏日閒適之情描繪出來了。

香港散文的香港特色

散文是作家的基本功，散文寫不好，拿不到作家的身份證。在香港最暢銷的文學書類別是小說，但消費量最大的仍是散文，它以報章專欄的形式提供消費，為其他文體望塵莫及。香港散文以其生存條件和時代特色成為世界少有的文學品種。我歸納其特色有七。

年產散文十八萬篇

因為要去市政局公共圖書館和香港作家聯會合辦的「文學月會」上講散文寫作，曾經把香港報紙上的散文框框數了一下。

我發現各報的散文專欄一般在三十個左右，而總數約五百個。

以一年三百六十日計算，全年在報章發表的散文篇數，高達十八萬篇，每篇平均五百字的話，全年的字數是

九千萬——一個驚人的數字。

聽說香港的散文書銷路正處低潮，可是報章上有這許多散文框框，卻又不像缺乏散文讀者。說不定光是讀報上的專欄已經厭了，大家再沒有興趣翻書。如此看來，散文書籍雖然銷路不佳，卻並不表示香港的散文沒有讀者。

篇數多不等於質量高，有人懷疑情況剛好相反。因為大家窮寫濫寫，自然難免草率、馬虎、貧血。

但樂觀的看法是：有這麼豐厚的底子，正好是提高質量的基礎。

事實上，只要你曾經不存成見，廣泛地閱讀，你會發現香港散文的佳篇絕對不少，這些佳篇並非全部發表在報紙上，但發表在報上的也並非全部垃圾。

我可以大膽地說一句：香港的散文，其成績已經超越五四，不論在量、在質、在文字的運用，在視野的廣闊，在品類的豐盛，總的來說，都已非當日可比。其實在大陸和台灣，情況更是如此，隨着時代的前進而有所進步，是理該如此的。

敢言敢説

我在「文學月會」的講題是「香港散文的香港特色」。

我一共總結為七個特色，今天先談第一個：言論自由形成的敢言敢説。

香港政府的言論自由尺度相當寬，可以說是唯一沒有文字獄的中國人社會。香港的作家想罵人的話，最方便是罵政府，因為罵完之後一般不會受到反擊，更不會文字賈禍。針對報紙上的批評，政府能做的是答辯，還要禮貌地感謝批評者。

在香港出版的報紙，其言論自由的尺度，雖有高低之分，但在言論自由大環境的影響下，大致都令人滿意。

阿濃在報章專欄寫作多年，因超越尺度而被抽起的文字千中無一。

許多論政的書，內容都是坦率而無顧忌的。可見習慣享受言論自由的香港作家，並沒有放棄他們的言責，掩飾他們的感情。這實在是一種勇敢的表現。

這種敢言敢說是對政府的一種監督，香港過去一直沒有民主制度，今天也才剛剛上路，正是靠大量的自由言論，補償了民主的不足，我們經常看到當局要俯順輿情，改變它的做法。

這種輿論的力量，甚至影響至大陸、台灣，如果沒有香港，中國的局勢一定比現在糟。

何其短也

香港散文的第二個特色是短，這是大家都知道的。

這短的趨勢還越來越明顯，從前的專欄已是短文，但

還在千字左右。如今卻是長者七八百，短者三四百。

越來越短的原因，一是報社方面想容納較多寫作人的作品，使陣容更為鼎盛。就像喝喜酒那般，十二人的桌子要坐十五人，只得大家擠一擠了。

不過主要還是照顧讀者的閱讀習慣。現在報紙的篇幅越來越多，每份報紙都是厚厚的一大疊。這樣的份量要仔細看實無可能，所以許多讀者都是跳着看。

所謂跳着看便是這一段看幾行，那一段看幾行。好看便看下去，不好看便跳過去看另一段。

對於長的文章，有些讀者根本不看，因為他們既沒有這樣的時間，也沒有這樣的耐性。

文章短的好處是開門見山，一針見血，簡潔明快，沒有那麼多的轉彎抹角、婆婆媽媽。

文章短的壞處是缺少了細緻的描寫、缺少了匠心的經營，往往有骨而無肉，容易流於乾枯；一覽無遺，談不上委曲多姿。

香港的專欄寫作人已掌握了寫短文的竅門，大多一文只寫一個意念，如有多過一個意念，寧可分日來寫，免得每一點都說不清楚。香港篇幅較長的散文也有，大多發表在文學雜誌或期刊上，一般寫作的態度比專欄文章認真得多，文學價值也較高。可惜讀的人少，寫的人更少，差不多是一種奢侈品了。

爭先恐後

香港散文的第三個特色是對時事反應快捷。這因為香港的散文大多發表在報章上。

看報已成為寫作人的日課，看的時候或有意或無意地尋覓題材，看有什麼新聞能引起自己的感想、感觸、感喟、感嘆、感情。如果看完了新聞版仍覺無話可說，那麼廣告也好，同文的框框也好，也得「游目四顧」，看能不能刺激起自己的靈感。

對時事的反應不能不快，因為你寫別人也寫，別人的想法、看法可能和你大同小異，別人搶先發表了，你的高見卻姍姍來遲，成為別人的唾餘。讀者的想法是：「人家早講過啦！」真是十分沒趣。

反映時事的文章似乎也有其市場需要，老編亦樂意讓它們盡快見報，寧願把時間性不強的文字稍壓一壓。

有些讀者在一件事發生之後，一時未有自己的看法，他們會找一向信服的社論和專欄文章來看，把報上的看法當做自己的看法。

有些讀者已經有了自己的看法，也喜歡拿報章文字和自己的看法互相印證，看是英雄所見略同，還是各有各的觀點。此所以專欄寫作人會不時收到讀者來信，或因共鳴而讚美你，或因不服氣而與你爭辯。

作者們爭先恐後對時事作反應的結果，就是出現一窩蜂表態的情況，幾天之內，大部分的欄目談的是同一問題，很容易使讀者望而生厭。

太快作反應的結果，有時會流於輕率，看錯問題，事實上許多事情要待塵埃落定後才看得清楚，那時寫作人可能已忘記他說過什麼了。

風格多樣、類別甚眾

香港散文的特色之四是：山光水色形成的靈秀文字。面對八仙嶺和吐露港的中文大學師生，寫了不少描寫香港青山碧海的美文；愛作郊遊的寫作人，筆下也常有描繪本地風光的佳作。

香港散文的特色之五：身處母體邊緣的家國情懷。除了大批愛之深、責之切的雜文之外，也包括了不少旅遊文字，寫祖國壯麗山河、風俗人情，以及炎黃子孫對神州大地的懷戀、渴思。

香港散文的特色之六是風格多樣、類別甚眾，我以不科學的方法隨便分之，已有：

傳統派：學養極佳，經驗豐富，見聞亦廣，用字遣詞、起承轉合，均有規矩法度。

學院派：大多在大學任教，受西方現代文學影響較深，不受報章框框限制，着力追求文學價值。

載道派：議論縱橫，言必有物，有心人也。

議政派：或誠摯、或透闢、或獨到、或尖銳，均見功夫。

綠色派：着重環保和綠色思想的鼓吹。

社會派：對本港社會事務表現出懇切的關注。

溫情派：以人情味見長，鼓吹和諧與互愛。

活潑風趣派：着重趣味，不戴道學帽子。

清新派：文字及意念均清新可人，不落俗套。

紳士派：溫文爾雅，以氣度見長。

新潮派：文字思想，都以打破現行規範為樂。

其他如讀書派、旅遊派等，不能一一盡錄。

馬虎草率

香港散文的第七個特色是頗多草率馬虎之作。

散文着重作者情的描繪、感的抒發，當一個寫作人每天有六七個散文專欄要寫時，試問他怎會有這麼多的情，那麼多的感？如果有，他早被這些情呀、感呀，泛濫而死了。

於是他會一情多用，一感數發，如果你看幾份報紙的話，便會發覺他的文章互相雷同。

於是他會重複自己，做他的長期讀者，不時會讀到似曾相識的文字。

　　於是他會把生活中芝蔴綠豆、雞毛蒜皮的事嘮叨一番，卻又一粒沙裏看不到世界，倒像是聽無聊的師奶煲電話粥。

　　於是他會把小小感觸放大來寫，倒像是一小羹咖啡，開了一大杯的水，但覺淡而無味。

　　於是他會抓起筆來就寫，全無結構、章法，亦不講修辭、鍊字，總之填滿格子便算。這樣的多產作家，對自己的馬虎草率，不但毫無愧意，還會向人誇耀：他十分鐘便可塗完一篇，一小時可產三千字云云。

　　造成這情況的原因，傳媒方面要負一部分的責任，他們憑名氣約稿，以擁有若干名家撰稿作為號召，使部分名家成為十段甚至以上的寫手，名家們或因盛情難卻，或認為有生意不做最愚蠢，來者不拒，結果名家雖名，也的確有兩下子，卻因為滿足了數量，犧牲了質量。

　　如能開闢更多的公開園地，把類似一些副刊上的《自由談》、《客座隨筆》、《每日創作》、《偶有佳作》固定地出現，或許可減輕對某些多產作家的倚重，而培養出更多的新血來。

我寫兒童故事的體會

我寫兒童故事是有成績的，我知道我寫的故事被許多老師在課堂轉述，被許多家長在牀邊與孩子分享，在不少故事演講比賽、戲劇比賽中獲獎。我寫兒童故事的寫齡長，積累了不少經驗，我把一些原則性的東西拿出來跟大家分享。

我把我寫兒童故事的體會，玩了一點文字遊戲，總結為「三性」、「四感」、「三想」、「三意」。

兒童故事的「三性」

今天先談「三性」：趣味性、知識性、教育性。

趣味性我放在第一位，沒趣的故事孩子不會看，迫也迫不來。

什麼是兒童覺得有趣的呢？得意的、好笑的、奇怪的、可怕的、巧妙的、驚險的、刺激的、懸疑的、出人意表的、笨拙的、聰明的、勇敢的、成年人平日忌諱的⋯⋯

有趣沒趣，找幾個孩子來一聽便知。他們聽得聚精會神，到你賣關子時，催你快點講下去。他們聽了一次，還想聽第二、第三次，又把它轉述給別的小朋友聽。這都説明你的故事是有趣的。

知識性的故事比較難寫，知識要正確，又要跟故事結合得自然，還要不深也不淺。法布爾的《昆蟲記》做到這一點。香港還不曾有人寫米埔的故事、海洋公園的故事、香港鳥兒的故事、香港猴子的故事、香港節日的故事……不是浮光掠影的寫，而是充分的掌握了材料和細節，用故事的形式表達出來。不是説些人盡皆知的常識，而是通過作者有情的參與，寫出來的第一手資料。

教育性要完全融和在故事之中，沒有説大篇道理的校長、神父、牧師、黨委書記，故事講完便完了，從中得到的體悟可以人人不同。教育性不是簡單的是與非，應做與不應做，而是讓孩子自己去體會、思考、判斷。

兒童故事的「四感」

兒童故事須具備「四感」：情感、美感、幽默感、時代感。

兒童是最感性的小動物，他們需要濃濃的愛、暖暖的情，不是字面的、公式化的、做作的，要發自內心的、最真摯的、最純潔的那種。

先要你真的具備這樣的愛和情，否則你不適宜做一個兒童文學家。再要你懂得把這些愛和情表達出來，其實並不難，只要心中有，筆底往往能自然流露。什麼修辭，什麼形容都是很次要的，往往最原始、最樸素的描寫和敍述最能打動人心。

　　美感着重的是心靈的美，自然的美，或莊嚴華麗，或妙俏可人，絕非庸俗的矯飾。兒童連審美的眼光也比較平等，能從醜中看出美來。玩具之中，那麼多醜狗兒、醜貓兒，使他們愛不釋手，便是明證。兒童文學家也要有這種平等的目光，從平凡甚至醜陋（不是醜惡）中看出美來。

　　孩子愛笑，對孩子講笑話最開心，因為只要他們聽得懂，他們絕不會吝惜笑聲。年幼的孩子，對「滑稽」有較強烈的反應，隨着他們的成長，「幽默」會更受歡迎，因為一笑之後，還能使他們咀嚼一番，思索一下。

　　王子、公主、神仙、女巫的故事仍然可以寫，但人物的思想，故事的精神卻要反映了時代的變化。

　　時代感不在乎故事中出現了最新的科技，而在乎作者怎樣通過故事中的人物來看問題、想問題、解決問題，最重要的是時代精神，而非徒具外殼的現代化。

兒童故事的「三想」

兒童故事的「三想」：幻想、理想、思想。

兒童故事沒有幻想的成分，就像沒有翅膀的鳥，只能呆在平凡的世俗空間之中。

孩子愛幻想，兒童故事中的幻想成分不但滿足他們的喜好，更刺激他們產生更豐富的想像力。

而想像力不但是文學、藝術的要素，更是科學的源頭。

幻想不是胡思亂想，想像一個人有千隻手、千隻眼誰不會？要萬隻手、萬隻眼也可以，可是這一千隻手、一千隻眼有什麼用途，那就不容易安排，安排得不夠神妙、不夠合理，那就不是好的幻想。

幻想更不能落後於現實，在間諜衛星和遠程導彈大顯神威的今天，還寫什麼千里眼、放飛劍，那是一點意思也沒有的。

這一代的年青人有理想的越來越少，只顧目前，唯利是圖的越來越多。

通過故事，讓孩子們的眼光放遠一些，視野放闊一些，胸襟擴大一些，到他們長大之後，就願意對社會，對人類的福祉多承擔一些責任。

知道要怎樣運用自己的生命，才不算虛度一生。

為小孩子寫故事也不能盡是婆婆媽媽、嘻嘻哈哈，好

的兒童故事可以有很深的哲理，可是成人和兒童看了卻可以各有所得。

成人不覺其淺，孩子不覺其深。安徒生的童話就有這樣的特點，難怪他可以成為大師。

幻想、理想、思想都可以成為種子，落在孩子的心田裏，等待發芽。

兒童故事的「三意」

兒童故事的「三意」：新意、誠意、創意。

我們有太多以教誨為目的的公式化作品，總是讓孩子犯錯，然後使他吃苦頭、倒霉，在父母或師長的教導下，終於覺悟前非，做一個好孩子。

一些比較仁慈的作者，不忍孩子真的吃苦、倒霉，也要讓他做個惡夢，在夢中受到教訓，當夢醒時，錯誤也同時醒覺。

這類了無新意的作品，孩子早已看厭，看了頭便知尾，層次甚低。

好的兒童故事定要有新的意念，像新上市的蔬菜，特別能引起食慾。

誠意指作者的態度，看他是不是真的花了氣力來寫，真的用了許多腦汁，做過許多功夫；抑或只是敷衍塞責，拼

湊一些故事來欺騙小孩。

　　一個寫作人有沒有誠意，明眼人一看便知，即使技巧很高，也只能瞞騙一時。

　　誠意是一心一意要把每個故事寫好，把小朋友當做最重要的讀者，一點也不馬虎。

　　創意又比新意高了一點，難了一點。是內容或形式有從前不曾有過的東西，可能開創一個新的潮流，成為一種新的典範。

　　兒童故事的「三性」、「四感」、「三想」、「三意」，一共是十三個特點。如果一篇故事能同時兼備，那定是可遇不可求的佳作。同時具備其中某幾個特點，卻也不難。

　　近年兒童文學在香港頗受鼓勵，但作品水準停滯不前，少有突破，讓我們一同努力吧！

人物訪問的寫作

我接受訪問比訪問他人的次數多，但同樣可以提供經驗給要寫訪問記的朋友。這種相向對等的經驗是寶貴的。

準備

廉政公署舉辦的「豐盛人生」活動，這年將會由一班學生大使去訪問一些擁有豐盛人生的人士，寫成訪問記。

為了把工作做好，主辦方面邀請了《星島日晚報》的採訪主任周東樂先生談人物訪問的技巧，阿濃談訪問記的寫作技巧，李樂詩小姐現身說法介紹自己豐盛的人生。

周先生和李小姐的發言都使我獲益良多，從今天起，我會談談怎樣寫好訪問記。

正如周東樂先生說的：訪問之前一定要做好準備工作。

最重要的工作是對受訪者資料的掌握，包括：

一、要找其他人寫這個人的所有文章來看，獲得基本

的資料，形成初步的印象，也發現一些分歧和疑問。

二、要找這個人的著作和發言來看，了解他對種種事物的看法，也有機會進入他的內心世界。

三、要掌握這個人近期活動的境況。

計劃

周東樂先生說：受訪者可能滔滔不絕，但大話西遊，不着邊際，時間到了，他說了不少，你聽了不少，卻沒有多少可用的材料。

受訪者也可能沉默是金，你問一句，他答一句，而且答案常常是「是」與「否」，沉悶之極。

想解救這樣的情況，事前做好計劃很重要。一批問題應該仔細地擬好。這批問題要：

一、切合訪問主題；

二、有一個合邏輯的順序；

三、有新意，能刺激受訪問者的思考，寫成後也刺激讀者的思考。

四、有主有次，有硬有軟，有大有小，等於有主菜也有配菜。

不妨讓受訪者事先知道你所問的問題，以便早作準備，免得屆時期期艾艾，也免得他東拉西扯，言之無物。

越是短的訪問，計劃性越要強，緊緊抓住幾條主要問題能達到目的便算是成功。

變通

　　在訪問一個人之前要作好準備，做好計劃，連問題都擬好了。

　　可是，如果在訪問過程中，有更寶貴的「料」，就得把預先準備好的一切丟掉，另起爐灶。這便是變通。

　　發現好料、正料而不用，像沒聽見似的依舊照着計劃書上的問題問，實在「豬」得可以！

　　不過好料、正料也並非人人有用，時時合用。

　　有些料是八卦雜誌最感興趣的，你卻正代表一份教育刊物做訪問，料雖「正」卻得物無所用。你可不要見獵心喜，仍要抓緊自己的任務，達成寫作的目標。因為不合用的料，不論多「正」，總是廢料。

　　常發現被訪者與預先估計的有很大距離，當被訪者自己願意透露一些獨家新鮮資料而又十分合用，當訪問過程中發現柳暗花明又一村、景致十分迷人時，都應該當機立斷、隨機應變，把計劃修改變通一下。

氣氛

作人物專訪時，現場的氣氛很重要。

忙碌的大人物，喜歡把記者約到他的辦公室去。他可以一面辦公一面接受訪問。

壞處是訪問不斷被打進來的電話和向他請示的職員打斷。他有時會變得心不在焉，答非所問。有些話更是他不想記者聽到的，使記者覺得自己的存在是一種妨礙。這樣的氣氛根本不會好。

不過記者卻可以親歷被訪者的環境，感受對方工作地點的氣氛，作為描繪和報道的一部分。

訪問在與外界暫時隔絕的境況下進行較為理想。記者如果能在很短的時間裏，與受訪者建立初步的友誼，贏得對方的信任，在親切、愉快的氣氛下交談，所得必多。

要做到這一點，完全看記者人際關係的技巧。他要坦誠而熱切，他肯為對方設想，不問過分的問題，不咄咄逼人，使受訪者自願把知道的盡量講出來。

當然，記者在事後也不可出賣他，不該公開的事，就為他守秘密。

對象

　　不論是訪問過程，還是寫作過程，心中都要有讀者對象──你準備寫給誰看？

　　不同性質的報刊，有不同類別的讀者：兒童、學生、婦女、老人、普羅大眾、一般知識分子、藝術愛好者、專業人士……

　　不同的讀者，有不同的興趣，不同的關注，不同的知識水平，因此要有不同的內容，不同的着重點，不同的深度去適應他們，滿足他們。

　　譬如訪問司徒華，如果讀者對象是學生，內容可着重他是怎樣做學問工夫的？他怎樣做校長？他對考試、教學語言、學生行為等問題的看法。

　　如果對象是娛樂周刊（俗稱八卦雜誌）的讀者，可以問他為什麼不結婚？是否抱獨身主義？生命中影響他最大的女性有哪幾位？他對女性參政的看法，他對梅艷芳的印象（他們曾一同往美加為「民主歌聲獻中華」出力）等等。

　　唯有這樣炮製出來的東西，讀者才會説：「啱睇！」

準確

　　寫訪問不同寫小説，既是真人真事，資料應力求準確。

帶一部錄音機可以保險，但有些被訪者會覺得有壓力。

人名、地名、機構名，最好問清楚，甚至請對方寫下來，因為粵語「王」「黃」不分，普通話也「區」「歐」無別。而地名之「紹興」與「肇慶」聽起來也差不多。

聽不清楚，聽不明白，都應該再問一次，不要靠猜測。

人家沒說過的話固然不能亂加，人家說過的話也不能亂減。亂加是捏造，亂減形成斷章取義。

訪問過後，如果發現疑點，不妨再打電話求證。當然最好是一次過，免得對方覺得騷擾。

時間充裕的話，把訪問稿讓對方看一次，是最保險的做法。

有時被訪者會提供不正確的資料，有懷疑而無法求證的話，要技巧地表示是受訪者這樣說。

新意

做人物訪問有一個矛盾：沒有知名度的，怕讀者興趣不大，知名度高的已經有許多人寫過。

其實沒有知名度的，如果能吸引你去做訪問，他必有引人、動人、感人之處。說不定經過你的訪問，他們會由不知名變成知名。所以這樣的訪問對象最宜發掘，無須一窩蜂地訪問知名人士。

訪問知名人士必須有新意，一般的資料說不定讀者所知的比你更多。

　　針對某一件事來訪問是比較好的做法，因為可以作比較深入的傾談。

　　最近發生的「大件事」當然不能放過，可惜肯定已經有記者排着隊來做，而你未必排在隊頭。如果人家是日報，你是月刊的話，你的訪問要在許多別人的稿件刊出之後讀來仍有新意，實在難上加難。

　　這就要看你的準備工夫了，這就要看你所取的角度了，這就要看你會不會問，會不會寫了。

　　記得：全無新意的訪問，不如不寫。

對話

　　有些人物訪問全部以對話形式進行，如果問得好，答得也好，或唇槍舌戰，或妙語如珠，讀者都會被吸引。

　　可是如果被訪者的趣味點不在言語的交鋒，而是過往的事跡或內心深刻細緻的感受，一問一答可能不是最好的形式。

　　一般的訪問記是直接語氣和間接語氣輪流使用。

　　間接語氣便於總括或精簡受訪者所說的話，直接語氣最能表現原裝的口氣和神韻。

在訪問過程中，聽到受訪者強調的、激動的、傷心的、精警的、奇趣的、有特殊意義的話語，都要盡量如實地立時筆記下來，做到一字不漏。如果對方是用方言說出，而也唯有用方言才傳神時，索性照用方言寫出。

如果打算整個訪問用對話方式寫出來，單憑筆記必有遺漏，一部錄音機是不可少的。

全用對話表達的訪問記，一定要問得好。所謂好，是能引起受訪者說出精彩的答覆。問得悶，答得更悶，那是必然的。

角度

查小欣在陳毓祥寫的《頭條人物誌》序言中說：

> 訪問者的角度成了整篇訪問稿的靈魂。

就像攝影，能以最佳角度拍攝，才有最佳的效果。

草雪在《名人大搜索》的序言中說：

> 誰都有最悅目的角度。

如果是一本寫好人好事、成功人士的訪問記，我們當然要盡量找出這個人的最佳的角度來描繪。

但對於具爭議的人物，我們一樣可以做訪問、寫訪問記，那就不能一味的歌功頌德、隱惡揚善。

查小欣在《頭條人物誌》中說的陳毓祥的寫法可以一學：

> 不滲入個人意見或評語，讓讀者從一問一答中客觀地感受對被訪者的印象。

這種客觀的寫法，不能說是表現一個人最悅目的角度，卻是表現最具性格的角度。

圓滿

訪問完成之後，最好向受訪者要幾張生活照片，配合文字一同發表。生活照片比影樓相有趣得多、真實得多。

如果對方沒有生活照提供，可以帶相機去拍，最好能夠拍得自然一點。假如是在被訪者的工作地點訪問，可以把那環境和氣氛也拍出來。

借用的照片要妥為保存，答應送還的一定要完好地送還，因為一些照片十分珍貴，而且是孤本。

訪問時拍攝的照片除了用來刊登之外，也要送一套給受訪者留念。

　　訪問記刊出後，受訪者未必看這份報紙或這本雜誌，記者便得寄一份給他，並且附上短柬，向他致謝。

　　一些熱門的受訪者，很有機會值得你一訪再訪，談不同的問題。一個負責的、事情做得妥貼的記者，自然會留給人家良好的印象，到你下次訪問他時，他會樂於合作，甚至主動約你，向你提供消息。

鈍刀

武人有刀，文人有筆。

「我有筆如刀。」但不可作刀筆吏。

也曾佩服魯迅的雜文如匕首，夠鋒利，不但剖析時弊如庖丁解牛般遊刃有餘，投向敵人每能中其要害，去其畫皮。但有時也會為他因過分鋒利而傷了不該傷的人，或不該傷人如此之深而感遺憾。

我從來不曾具備像魯迅那麼鋒利的筆，這因為我沒有鋒利的眼睛，也沒有鋒利的分析能力。

我會努力練我的眼，我會學習對事物作更深入準確的分析，但我不會把我的「刀」磨得比過往鋒利。

相反，我要把我的「刀」磨鈍。

一把鈍刀，更要求出招沉穩、準確，但目的不在傷人。少了傷及無辜的錯失，也免掉傷人太甚的後悔。即使不幸結下樑子，他日也容易一笑解鈴。

最好是把鋼刀換成木刀。文字是製「刀」的材料，但

看你如何選擇。出手不要一味求快，慢一點看得更準。招式不要用老，常記得手下留情。

學會意到即止，中不中明眼人已經看得清楚，不追求血肉橫飛，也不追求制敵於死的勝利。不是書生氣，不是假慈悲，不是婦人之仁，先賢杜甫已教我如何作戰：「苟能制侵陵，豈在多殺傷。」

淡

跟黎略導演談天，他説喜歡一種淡淡的風格，我説我也一樣，隨着年紀的增長，喜歡吃清淡的食物，連文字也越寫越淡了。

再這樣下去，可能連筆名也要改一改，不再叫阿濃，而叫做阿淡了。

或許有朋友問：「什麼叫做淡，能解釋一下嗎？」

首先是沒有那麼多激情了，國家事有感慨、有沉哀，卻不再慷慨激昂了。感情的事早已淡泊了，喜怒哀樂再不會大起大落。喜也樂也，亦僅微笑而已；怒也哀也，很快便化為輕輕的歎息。

同時也不會煽情了，無意運用文字的感染力，把你的眼淚引出來，只是隨意地道來，説的倒像是別人的故事。

不刻意運用什麼寫作的技巧了，一個故事從頭説起，交代清楚，讓聽的人明明白白，不就已經很好了麼？也不去堆砌那麼多形容詞了，也不去講究什麼修辭法了，一句話自自然然地寫出來，便是心聲，便是天籟，便有真味。

就像煮菜，把材料擺佈過甚，又下了太多作料，菜的真味也就往往失去了。反而是淡淡的清水，去蒸、去煮，那真味可以保留絕大部分。

　　清淡的文字不華麗、不刺激、不起眼，但懂得欣賞的人，卻不難從中體會到真味。

五分鐘談作文

　　一位朋友問我寫短文有什麼竅門沒有？我用五分鐘告訴他我的經驗：

　　一要主題明確，基本上只説一件事，只表達一個意思。

　　二是不講究全套的起、承、轉、合，可取消其中一兩個步驟，或將它壓縮至只用一兩句。

　　三是有一個比較吸引的開始，爭取讀者繼續看下去。這開始可以引起好奇、懸念、興趣。像本文的開始，「五分鐘」是一個吸引點，讀者會懷疑：用這麼少的時間能做得到麼？於是想看個究竟。

　　四是該細寫的地方仍要細寫。不要把短文變成有骨無肉的梗概式大綱，讀之枯燥無味。尤其是小説，不能只有主幹而無枝葉。

　　五是要結束在最有味道的地方，戛然而止，餘韻無窮。

　　六是整篇文章有點像坐遊樂場的過山車，起初是一番經營，像爬山車吃力地爬着斜坡，最後終於到了頂點，來一

個大家期待已久的大衝刺。你驚呼，你狂叫，你歡笑，你覺得「過癮」。未必每篇文章都能達到這樣的效果，但如果是寫短篇小説，這確是一個受歡迎的程式。

其他如筆情墨趣、個人風格，都是文章需要的配料，一碟小菜能不能炒得色香味俱全，要看作者個人的修養和天分了。

打開書又如何？

在新浪博客上看到有人登載了英國作家莫洛談讀書的一篇散文詩，寫得真好。他說打開你的書來，正如……一共舉了十六個比喻的美好處境，讓我挑幾個給大家看：

正如漆黑的夜裏，一根火柴劃亮了，你的眼前一片光明。

正如在不見人跡的幽谷之中，你徘徊復徘徊，忽然聽到了熟悉的足音。

正如走進五月的果園，各式各樣的果子纍纍垂掛在枝頭，你打開記憶的袋子，任意盛裝採擷來的美好的果實。

正如走進上帝的伊甸園，你大膽摘食了智慧的果子，於是你通曉一切。

可是，要找能引起如此感覺的書是越來越難了。哪怕

是看二○一二年諾貝爾文學獎得獎者莫言的書，我們看到的是人性的殘酷，那些剝皮、凌遲的酷刑，寫得那麼細緻具體，看得人何止寒心，簡直要嘔吐。還有對動物無情的虐待，正常的讀者只想快快翻過書頁。我一口氣看了莫言五本書，我的結論是他的作品無法使我的靈魂提升，我不會因此高尚了，慈悲了，寬容了，我沒有進入莫洛所描繪的美好境界。

我懷念少年時代看的羅曼·羅蘭的《約翰·克里斯朵夫》，泰戈爾的《飛鳥集》、《園丁集》，亞美·契斯的《愛的教育》，托爾斯泰的《戰爭與和平》、《安娜·卡列尼娜》，為什麼想打開這樣的一本新書是如此難求呢？

夭折的書

　　作為寫書人，當然希望自己的作品有悠長的生命力，能在市場長期佔一席位。即使在自己離世千百年後，仍然有人讀自己的作品，有人介紹，有人研究。像《史記》、《紅樓夢》那樣。

　　近代作家如魯迅、巴金、朱自清、沈從文一類已不必擔心，當代的金庸，他的武俠小說也肯定是傳世之作。

　　作品有它的生命力，像《詩經》達三千年，而我們的報章專欄文字，大多如蜉蝣，朝生而夕死。

　　寫作人會挑選一些比較愜意的文字結集成書，也會花較大氣力、較長時間寫幾本大書出來。他們是對之存有厚望的。如果一上市便滯銷倒也罷了，有些書曾暢銷一時，但不出十年，你已很難在書店的書架上找到它們的蹤跡。一位讀者在圖書館看到我幾本書，很喜歡，想擁有，到書店去問，回答是已斷版。這情況十分普遍。像暢銷的司徒華回憶錄《大江東去》，二十年後能否買到大有疑問。

這跟香港地貴有關，每年有成千上萬的新書出版，書店地方有限，只容許有快速銷售能力的書佔一席位，展示出來。最新的書能平放在展示枱上，如銷路不佳，就得靠邊站，放上書架，像企街女郎。經短時間考驗後，無人欣賞，便會退回出版商，等待人道毀滅。

　　由於新版書一般較舊版書能賣，出版商一味催促作家出新書，而將銷售速度較慢的舊書停止印行。於是一本本好書從此夭折。這類非自然死亡的書，一年不知有多少！真是寫作人的悲哀。

把文字當雜技玩

熟能生巧，學習中文有他的艱辛處，但親近多了，卻可以生出許多趣味來。燈謎、酒令、對聯都是文人遊戲，考智慧，考靈巧，也考學問，這裏是一些雜技級的例子。

語文談趣

　　我認為中國文字是最有趣的文字，隨便拿一個字出來，都可以寫一篇有情有趣、有滋有味的好文章。中國文字可以拿來行酒令、猜燈謎、做對聯、玩遊戲，這都使其他文字顯得單調枯燥。我在此略舉幾個例子，更多的奇妙趣味等待你發掘。

字與字的對話

　　朋友傳來一則電郵，是文字遊戲，讓字與字互相對話，頗有趣。試舉幾則：

　　「兵」對「丘」說：踩上地雷啦？怎麼兩條腿都沒啦？

　　「口」對「回」說：懷孕啦？恭喜！恭喜！

　　「也」對「她」說：當老闆啦？出門還帶秘書。

　　「由」對「甲」說：什麼時候學會倒立了？

我對文字遊戲素來喜歡，心想：這難不到我，讓我也來玩玩。很快就做了幾則：

　　「愛」對「受」説：你是無心之失，我不怪你。

　　「棘」對「棗」説：讓孩自己走嘛，騎在你肩上不吃力嗎？

　　「界」對「介」説：你幾時把田賣啦？

　　「木」對「來」説：這兩人躲在你身上聊完沒有？

　　「北」對「比」説：你們是方向一致，我們是背道而馳。

　　「保」對「儷」説：你是有美作伴，陪我的卻是個傻瓜，太不公平了。

　　「共」對「其」説：治安不好麼？裝上窗花啦？

　　「凹」對「凸」説：你不怕槍打出頭鳥麼？

　　「家」對「寵」説：你家生兒一條龍，我家生兒蠢如豬。

　　「眨」對「省」説：我們同病相憐，都是弱視。

　　「杏」對「呆」説：人家説「精人出口」，偏偏你是個傻瓜。

　　「鳥」對「烏」説：你真是有眼無珠，所託非人，把好好一件事，搞到烏龍百出。

　　「茶」對「荼」説：你把心一橫，就荼毒生靈無數！

　　「溶」對「浴」説：我總得除了帽子才洗澡呀。

　　「感」對「惑」説：我們的樣子很像，但一個是真情，一個是假意。

「齋」跟「齊」説：你幾時做了太監呀？

「忠」對「患」説：你比我多吃了一顆魚蛋就患病了。

「洗」對「洗」説：我這邊水少了一點，一大堆髒衣服沒法洗。

「富」對「當」説：你頭上長角，好鬥成性，怎會富有呢？

「金」對「全」説：有錢沒錢，「全」靠兩點。一、勤，二、儉。

「弔」對「引」説：我是保持警惕，如箭在弦，不像你把箭丟在一邊。

「苦」對「若」説：吃得苦中苦，方為人上人，「若」心中不能堅持，前功盡廢。

「亨」對「享」説：你現在享仔福啦！真使我羨慕。

「人」的「借代」

陳望道在《修辭學發凡》中把「借代」列為積極修辭之一。其中有部分和全體相代，有借別的事物來對代本名。我發現光是這個「人」就有種種的借代修辭。

用人身體的一部分來借代全體，有：

他是我們的頭兒，「頭兒」是領袖。群龍無首，「首」也是領導人。警方安排了線眼，「眼」是偵察者。此地耳目眾

多，「耳」和「目」都代表可能泄秘者。隔牆有耳，「耳」借代偷聽者。一家八口一張牀，「口」借代家庭成員。他是廚藝高手，「手」借代工作者。三缺一，還差一隻腳，「腳」借代伙伴。路有凍死骨，「骨」借代飢寒而死的人。他是她的親骨肉，「骨」和「肉」都代表孩子。朝廷中不乏他的心腹，「心」和「腹」借代絕對可信靠之人。

十二生肖中的十二種動物都可以借代「人」：

這城市治安不寧，「鼠」輩橫行。俯首甘為孺子「牛」。一山不能藏二「虎」。人們稱他為「兔」相公，因為據說他是同性戀者。他的奏章使「龍」顏大怒。水警又攔截到兩艘「蛇」船。兩幫黑社會各自班「馬」，準備開片。這老實人又做了「羊」牯。他去鄉間教書，又做了「猴子」王。警方掃黃，搗破多處「雞」寨。他晚節不保，做了日本人的走「狗」。這班爛瞓「豬」，不到日上三竿不起牀。

從「飲茶」到「飲歌」

初學粵語，發覺保留了不少古漢語，「飲茶」是其中之一。這個「飲」字在現代漢語中已被「喝」或「吃」所取代，我們說「喝茶」或「吃茶」。後來更知道「飲茶」有狹義和廣義之分，「飲茶」包括吃點心、炒粉炒麵。淨飲是雙計的，「純吃茶」屬高級的品茶了。還有託人做事，要給點

小費，不想明言，紅包塞過去時會說：「請你飲茶。」那更是另一種意思了。

「飲」不但是自己喝，餵動物喝水也是「飲」，對動物來說是「被飲」了。如「飲羊」、「飲馬」，不是有一首古詩叫《飲馬長城窟行》嗎？

「飲」字除「喝水」的解釋外，還有好幾個其他解釋。如「飲恨」，是受屈抱恨無由申訴的意思。反右運動中多少人飲恨而終。「飲羽」是箭桿深入受箭處，連箭尾的羽毛也埋沒其中。「飲鴆止渴」是一個比喻，服毒藥止渴，比喻為解救目前困難，不惜採取一些有害的措施。「飲鴆」其實沒有「飲」。

有了卡拉 OK 之後，出現了一個詞叫「飲歌」，宴會上大家輪流表演唱歌，你會唱的歌不多，每次都是唱那一兩首，這就是你的「飲歌」。「飲」由動詞變成形容詞了。

説肉

時當夏日，是露肉的季節，西方女性對此絕不吝惜，身為男性，卻之不恭，如迎面而來，就當是檢閱儀仗可也。如回頭追看，就成為急色兒了。肉色可餐之餘，就談談這個「肉」字。

「新剝雞頭肉」不是肉？

傳說唐玄宗、楊貴妃、安祿山常在宮中宴樂，言笑無禁。貴妃不勝酒力，酥胸半露。明皇得句曰：「軟溫新剝雞頭肉。」大膽的安祿山續句曰：「滑膩初凝塞上酥。」真是君不君、臣不臣了。

偏有傻仔剝了雞頭的肉來想像女性的乳房，結果他失望了。又有好事的解人，說有種叫「芡」的水生植物，別名雞頭，入廚用的芡粉即此物。剝了芡實，比較像女性乳房云云。貴為帝皇有沒有機會去剝雞頭和芡實也是疑問。何況芡實距「軟溫」還是遠了點。

「我的乖乖肉」，肉即是人。

蘇北方言，「我的乖乖肉！」我最親愛的兒子或孫兒孫女。肉即是人，而且是最愛惜的。「腹中塊肉」，肉是胎兒。「肉票」、「肉參」都是被勒索的人質。「肉陣」、「肉屏風」是大堆頭的人了。《世說新語》：「絲不如竹，竹不如肉。」絃樂不如管樂，管樂不如人發聲。

「三月不知肉味。」肉很好吃。

《論語·述而》：「子在齊聞韶，三月不知肉味。曰：『不圖為樂之至於斯也！』」韶樂好聽，使孔子食而不知其味。孔子用「肉」來代表食物的美味。《左傳》上軍事家曹劌有

一句名言:「肉食者鄙,未能遠謀。」「肉食者」指居高位者,因為只有他們能飽享美食,但他們的眼光識見也就短淺了。這裏並無主張素食。宋代大文學家蘇東坡對肉情有獨鍾,他那味「東坡肉」至今風行不衰。他寫過一首詩:「可使食無肉,不可居無竹。無肉使人瘦,無竹令人俗……」我欣賞後人幫他接續的兩句:「若要不瘦又不俗,餐餐吃頓筍炒肉。」

「七十者可以食肉矣。」太遲了!

《孟子·梁惠王上》:「五畝之宅,樹之以桑,五十者,可以衣帛矣。雞豚狗彘之畜,無失其時,七十者,可以食肉矣。」那時物質缺乏,普通人家不容易有肉吃。為了敬老,如果早為籌謀,自己養點禽畜,起碼到七十歲時可以有肉吃了。可是現代社會知道「多菜少肉」才是健康之道,尤其老人家更應如此。而且很多時菜價高於肉價。因此孟子的話應改為:「芥薑蔥韭之蔬,無失其時,七十者,可以吃菜矣。」

「肉眼凡胎」,所見有限。

不用放大鏡、顯微鏡、望遠鏡去看,所見有限,就是所謂「肉眼」。肉,代表身體本身。相對於佛家的慧眼,肉眼即俗眼,見近不見遠,見前不見後,見明不見暗。《西遊記》第三十六回:「寡人肉眼凡胎,只知高徒有力量,拿住

妖賊便了，豈知乃騰雲駕霧之上仙也。」

香港有官員被稱為「人肉錄音機」，諷刺他以身體代器械，不斷重複同一答案。

「魚肉百姓」，魚肉做了動詞。

把百姓當作魚和肉，任意宰割壓榨的意思。

「生死人而肉白骨」，使死者復生，白骨長出肉來。肉是動詞，長肉的意思。《聊齋誌異‧丐仙》：「蒙君高義，生死人而肉白骨。」

《賣肉養孤兒》賣的何止是肉？

羅劍郎、芳艷芬主演的電影《賣肉養孤兒》，賣的何止是「肉」，賣的是整個身體，外加尊嚴與貞操。以部分代整體是修辭法的一種。「一家八口」，以「口」代人，打牌四隻腳，以「腳」代人。

「人肉市場」、「人肉販子」販賣的都不是以斤兩計的肉食。

「肉痛」痛的不是肉

「肉痛」是捨不得，「肉麻」是看不慣，「肉酸」是很難看，都不是肌體上的感覺，而是心理上的感受。

拿什麼歸遺細君？

東方朔不待漢武帝吩咐便割了一大塊肉回家給老婆吃，還稱讚自己說：「歸遺細君，又何仁也！」（我帶回家給老婆吃，是多麼仁愛哦！）各位從街市回家，記得斬料加餸呀！

姓名隨想錄

我每天都讀報，讀了六十多年。

一面讀一面胡思亂想，有疑問的地方又會東翻西找，希望找到答案。可笑的是答案未必找到，新的疑問卻來了一大堆。

最近讀報，不時碰到接不上去的地方，譬如：「中共中央辦公廳主任令計劃出席……」我想：

「令計劃」後面怕是漏了幾個字吧？譬如：「令計劃得以實施」、「令計劃得以實現」。後來連碰幾次，終於知道「令計劃」是個人名，而且來頭不小。

請看：中共中央委員，中共中央書記處書記，中共中央辦公廳主任。

做過中央辦公廳主任的都是顯赫一時的人物：任弼時、楊尚昆、汪東興、姚依林、胡啟立、喬石、王兆國、溫家寶、曾慶紅、王剛等。可見令計劃的地位。

他憑什麼往績升到這個位置呢？原來胡錦濤擔任共青團中央負責人時，令計劃是共青團中央書記處辦公室主任、團中央宣傳部部長，兩人有愉快的合作。

不察覺「令計劃」是人名，既由於「計劃」是個常用詞，也由於「令」這姓有點彆扭。

查一查原來他本姓「令狐」，不想名字有四個字，才把姓去掉一個字，改姓「令」。其實他可以保留複姓令狐，取一個單字為名。因「令狐」比「令」更為人熟識。起碼金庸小說裏有個令狐沖。

「令狐」在《百家姓》排名四百三十二。金庸《笑傲江湖》裏的令狐沖是令狐家族最有名望的人，雖然他只是一個虛構人物。網路上不但有人冒他的姓，還以諧音字借他的名，隨便看看便有令狐聰、令狐蟲、令狐蔥、令狐聽……令狐本是春秋時代晉國地名，約位於今日的山西省臨猗縣。晉國大夫魏顆因戰功封於令狐，後代便以受封之地為姓。令計劃果然是山西人。令狐沖因是孤兒，自小被華山派收養，《笑傲江湖》中沒有他的籍貫，華山在陝西，屬山西鄰省。

歷史上姓令狐的，我只知道有位令狐楚。

令狐楚，唐朝人，當時牛李黨爭激烈，令狐楚是牛僧孺一黨的重要人物。他號稱詩人，但好詩不多。我發現他的詩有個特點，就是喜歡用數字。

一來江城守，七見江月圓，齒髮將七十，鄉關越三千……（四句有六個數字）

　　其他如「萬里猶防塞，三年不見家」、「一夜好風吹，新花一萬枝」、「三五既不留，二八又還過」、「晚色霞千片，秋聲雁一行」……可稱之為數字詩人。

　　說回令計劃，照網上的說法，把「令狐」改成「令」似是他的主意，但這類事情一般父親才有話事權。他父親很特別，改姓應是由他決定。如何特別法？

　　他父親叫令狐野，生了五個孩子，替他們取名為：令方針、令政策、令路線（女）、令計劃、令完成。

　　好傢伙，名字都是報紙上的流行詞。而且他言出必行，說「完成」便真的完成了，沒有再生。當年一孩政策還未實施，否則只有方針，沒有政策、路線和計劃，也就無法完成了。

　　令家這樣的改姓和取名，不知有沒有想過會造成公眾閱讀和理解的麻煩，幸而除令計劃外，其他昆仲的見報率不高，否則像以下的情況會經常出現：

　　阿拉法特說：以色列的軍事行動已令路線圖「死亡」。（見二〇〇三年九月三日中國新聞網）

其中就有令路線的名字。

或許有一天我們會看到這樣一則標題：

　　　令計劃令計劃得以實現。

會不會以為打字打重複了？

　　說到改姓，政治人物改姓（連名）的特多，江青本名李雲鶴，與毛澤東生個女兒也姓李。康生原名張宗可。台灣的章孝嚴、章孝慈是孿生兄弟，蔣經國的非婚生子女，因不便公開，跟母親姓章。直至二〇〇五年章孝嚴認祖歸宗，改回蔣姓。章孝慈已於一九九五年逝世，無改姓。

　　最近內地薄熙來事件中牽涉薄妻谷開來。兩人名字中都有一個「來」字已屬巧合，且各屬一句成語的一部分：「熙來攘往」和「繼往開來」。奇怪的是官方稱薄妻為「薄谷開來」，這不是中國內地習慣。溫哥華唐人街於千禧年建一新牌樓，一邊橫額是「千禧門」，另一邊正是「繼往開來」，當年由我建議，為建牌樓小組所接納。

　　香港官場女性已婚者名字多冠夫姓，如陳方安生、陳馮富珍、范徐麗泰、林鄭月娥、葉劉淑儀……中國古代不隨便標示女性名字，只稱某氏（父姓）或某門（夫姓）某氏。反而不少西方國家女子出嫁後須從夫姓。中國內地從來沒有孫宋慶齡、周鄧穎超、劉王光美的稱呼，谷開來在新聞稿中

被稱「薄谷開來」，其中自有深意，恐怕還有點不懷好意。薄熙來也有一個兒子不姓薄，跟離了婚的母親姓李，叫李望知。加薄和去薄，各有心理因素在。

二〇一二年台灣和香港在差不多時間舉行領導人選舉，巧合的是主要競逐人馬英九和蔡英文，梁振英和唐英年，名字裏都有一個「英」字。這情況一百年未必有一次。香港還有一件巧事，就是姓曾的忽然紛紛佔據領導位置，前特首是曾蔭權，財政司司長是曾俊華，立法會主席是曾鈺成，前民政事務局局長是曾德成，前香港警務處處長是曾蔭培。難得的是「曾」其實不算香港大姓。

香港特首選舉期間，候選人齊齊標榜香港核心價值，包括民主、自由、人權、法治。這四個詞經常見報，千萬不要有一位說普通話的特殊父親，效法令狐野，替他的四個孩子取名為吳民主、吳自由、吳人權、吳法治。而更不幸的是吳民主做了特首，吳自由做了警務處處長，吳人權做了民政事務局局長，吳法治做了律政司司長。

改古詩的酒令

酒令能增添筵席間的興致，《紅樓夢》、《鏡花緣》上都有行酒令的情節。

酒令的形式很多，我手頭上一本《中國酒令》便介紹了三百種。但基本玩法是一人出令，其他人依他的要求去說，說不出的罰飲酒一杯。

今天我介紹一種酒令，此書並不包括，叫做「改古詩」，例子如下：

令官示範：少小離家老二回。

大家問：何以非老大？（因為原詩是「老大回」。）

令官回答：老大嫁作商人婦。（《琵琶行》中的一句。）

只要肚子裏記得的詩不太少，這酒令並不算難，阿濃試做幾個如下：

甲：桃花依舊笑東風。

問：何以非春風？

甲：春風不度玉門關。

乙：夜深忽記少年事。

問：何以非忽夢？

乙：淚盡羅巾夢不成。

丙：早有蝴蝶立上頭。

問：何以非蜻蜓？

丙：蜻蜓飛上玉搔頭。

丁：為他人作嫁衣服。

問：何以非衣裳？

丁：衣裳已施行看盡。

愛情燈謎

　　加拿大華裔作家協會每年舉行春茗，邀請我為他們主持燈謎競猜，我做了幾年，頗受歡迎。

　　有一年我採取一種新形式，把 "Talk show" 和燈謎結合在一起。"Talk show" 的主題是愛情，除小部分是前人之作，大部分由我自己製作。

　　我出「特首新年賀詞」，猜愛情悲劇一，謎底是「梁祝」，既應節又相當巧妙。

　　我出「香港首富退休」，猜愛寫愛情詩的詩人，謎底是「李商隱」。早前李姓首富報告公司業績，就曾有記者問他何時退休。

　　我出「全麥」，猜《西廂記》詩一句，先要解釋什麼是「全麥」，超市賣的麵包分白麵包、百分之四十的麥包和百分之百的全麥包等。全麥包的袋子上寫着 "Whole Wheat"，即「全麥」。謎底是「疑是玉人來」。因為「全麥」有類似「玉人來」三字，卻又不是，只是「疑是」。

我出「厭食症」猜柳永詞兩句，寫愛的執着。謎底是「衣帶漸寬終不悔，為伊消得人憔悴。」「伊」是厭食症，也是所愛之人。

　　猜的方式是猜中即大聲喊出謎底，以增加熱烈氣氛。

形容美人的文字

　　有人説：「第一個用花比喻女人的是天才，第二個是庸才，第三個是蠢才。」中國幾位有名的詩人吟詠美麗的女人，各出機杼，各有角度，個個都是難得的天才。

最好玩的成語

　　中國成語以萬計，我覺得最好玩的是形容美女的兩句：「沉魚落雁，閉月羞花。」

　　以字面看是用了誇張的手法，而且帶有童話色彩。魚兒見到美女，自慚形穢，沉潛落水底；大雁見到美女，為之傾倒，從天空降落下來欣賞；月兒見到美女，自愧不如，躲到雲後去了；花兒見到美女，羞愧地低下頭來。這都是修辭中的擬人法呀。

　　這兩句同時濃縮了四位美女的故事，而且都是有根據的。沉魚説的是西施，歷史上有名的美女，她本是越國苧蘿

村浣紗溪的浣紗女，為了復國大業，「朝為越溪女，暮作吳宮妃。」在溪水中浣紗，引出「沉魚」的想像。

落雁說的是昭君，漢元帝時負起與匈奴和親的民族任務，「一上玉關道，天涯去不歸。」與大雁同行，引出「落雁」的意象。

閉月來自《三國演義》「貂蟬拜月」一幕。貂蟬是司徒王允的義女，王允利用她的美色，離間董卓和呂布間的感情，為國除奸。因「拜月」而創作了「閉月」。

唐玄宗與楊貴妃在沉香亭畔賞牡丹，伶人準備歌舞助興，玄宗召李白入宮填詞助興，得《清平調》三首，其中有句云：「雲想衣裳花想容，春風拂檻露華濃」。賞花而創作了「羞花」一詞。兩個成語八個字已蘊含如此豐富的內容，好！

艷色天下重

四大美人都有詩人吟誦，西施、王嬙、楊玉環都有好詩，只有貂蟬，我找不到一首合意的。

吟西施最好的一首我選王維的《西施詠》：

　　艷色天下重，西施寧久微？
　　朝為越溪女，暮作吳宮妃。

賤日豈殊眾，貴來方悟稀。

邀人傅脂粉，不自着羅衣。

君寵益嬌態，君憐無是非。

當時浣紗伴，莫得同車歸。

持謝鄰家子，效顰安可希？

　　說是詠西施，其實是一首諷刺詩。開頭第一句「豔色天下重」，已經諷刺了朝廷，諷刺了社會風氣。重視的是美色而不是學問才能。因此一個浣紗的女子，可以憑姿色很快就飛上枝頭。

　　再諷刺一個人由貧賤而富貴之後，自然就變得驕縱。本來是浣紗的勞動婦女，現在卻要別人幫她化妝、穿衣服。

　　而好色的君王只知沉迷女色，變得是非不分。

　　往日的同伴早已貴賤殊途，羨慕也羨慕不來。最後諷刺那些資質平庸的人，不要見人榮耀就東施效顰，要知道自己是什麼貨色。

人生失意無南北

　　四大美人的王嬙，昭君、明妃都指她，歷代詩人吟詠她的作品很多，有人數杜甫《詠懷古跡》五首之三為第一：

「群山萬壑赴荊門，生長明妃尚有村。一去紫台連朔漠，獨留青塚向黃昏⋯⋯」。我卻偏愛王安石的《明妃曲》，在那麼多高手吟詠之後，他仍能獨出機杼，大膽翻新：

> 明妃初出漢宮時，淚濕春風鬢腳垂。
> 低徊顧影無顏色，尚得君王不自持。
> 歸來卻怪丹青手，入眼平生幾曾有？
> 意態由來畫不成，當時枉殺毛延壽。
> 一去心知更不歸，可憐着盡漢宮衣。
> 寄聲欲問塞南事，只有年年鴻雁飛。
> 家人萬里傳消息，好在氈城莫相憶。
> 君不見咫尺長門閉阿嬌，人生失意無南北。

王安石《明妃曲》有兩首，上面是第一首。他有「拗相公」之稱，吟明妃不脫本色。他說毛延壽不是故意將昭君畫醜，而是「意態由來畫不成。」這是一拗。他說昭君被送往塞北，不須為她的命運嘆息，留在京城的阿嬌，不是長年閉鎖長門宮中嗎？這是二拗。在第二首中他更大膽說：「漢恩自淺胡恩深，人生樂在相知心。」這是三拗。即使在現代，也會有被罵為漢奸的危險呢。

此恨綿綿無絕期

寫楊玉環最好的詩不是李白的《清平調》，奉詔而作，難免擦鞋。我認為最好的是白居易的《長恨歌》。

《長恨歌》有兩大主題，一是如作《長恨歌傳》的陳鴻所說「懲尤物，窒亂階，垂戒於將來」，一是詠嘆一段感人的愛情故事，足以為前一段的荒唐贖罪。

開頭第一句：「漢皇重色思傾國」，已狠狠批判。「重色」當然是劣行，不用其他意指美女的詞，而用「傾國」，是有意的非議。雖然取巧寫作漢皇，但人人知道說的是唐皇，那年代的忌諱還是比較寬鬆的。

不用細寫玉環之美，「回眸一笑百媚生，六宮粉黛無顏色」已知她的美艷冠絕宮中。

「春宵苦短日高起，從此君王不早朝。」指君王荒廢了政事。「姊妹弟兄皆列土，可憐光彩生門戶。」諷刺了用人唯私。

下半首寫男的思念是「行宮見月傷心色，夜雨聞鈴腸斷聲。」「芙蓉如面柳如眉，對此如何不淚垂。」可惜連魂魄也不曾入夢，只得聘請方士升天入地的尋覓。女的則相信「但教心似金鈿堅，天上人間會相見」。某年七夕的私密誓言，證明方士所言非虛。但天各一方，只落得「此恨綿綿無絕期」了。詩人以同情的角度寫角色的真情，政治上的昏庸被原諒了。

為牡丹平反

前園種了一叢牡丹，分粉紅和大紅兩種，一開數十朵，女兒結婚，曾用來結紮成花球，於婚禮中用之。

宋朝的學者周敦頤寫了一篇《愛蓮說》，說牡丹是花之富貴者也，對世人愛牡丹頗有微言，而他所愛的是出污泥而不染的蓮花，就顯得清高了些。

其實「富貴」是人類加給牡丹的標籤，它只不過按自然生態成長。同樣，把菊花比喻做花之隱逸者也，菊花有知，怕會竊笑。中國許多城市秋天都舉行菊展，堆出來的菊花滿坑滿谷，參觀的市民人山人海，一點隱逸的味道也品不出來。

再說富貴也不是一種罪過，只要富貴不是由不義得來，我們對靠個人努力獲得財富和尊崇地位的成功人士，沒有理由對他們存偏見。

為此阿濃為牡丹寫詩一首，以作平反：

富貴亦非罪

謙和不驕人

王者氣度在

雍容是本真

不孤芳自賞

不清高自鳴

喜眾人所喜

樂眾人所樂

「牡丹之愛宜乎眾矣！」

末句出自《愛蓮說》，本意是否定，反其意而用之。

「心有戚戚然」

　　作家也斯與癌症搏鬥三年後，告別人間。勤勉的記者訪問了他溫哥華文學界的朋友。其中一位慨嘆説：「也斯上一次來溫哥華行程緊密，想私人吃頓飯也沒有時間，實在可惜。朋友貴在相知，得悉他去世這不幸消息，心有戚戚然（焉）。」

　　記者特別在這番話上加了引號，表示是受訪者的原句。其實「心有戚戚然（焉）」應該加上雙引號，因為原句來自《孟子》，是齊宣王説的，在《孟子》第一篇〈梁惠王章句上〉可以看到這個故事。孟子循循善誘，讚揚齊宣王有仁心，不忍一頭待祭的牛觳觫赴死，命人用一頭羊替換。孟子説：「君子之於禽獸也，見其生，不忍見其死；聞其聲，不忍食其肉。是以君子遠庖廚也。」這種仁愛的心，正是王道的表現。齊宣王聽了很高興説：「夫子言之，於我心有戚戚焉。」意思説：「先生的話，使我內心很有感動，我對先生的話很有共鳴。」齊宣王説這番話的時候，有喜獲知己的

喜悅，因為曾有人誤會他以羊換牛是吝嗇的緣故。

　　《老殘遊記》第二回，老殘在明湖居聽王小玉精彩的表演之後，一位聽眾發表聽後感，說聽完之後，餘音繞梁，何止三日！應該用孔子「三月不知肉味」的「三月」來形容才更透徹。旁邊的人都說道：「夢湘先生論得透闢極了！『於我心有戚戚焉！』」我這本「新式標點」的《老殘遊記》，知道這話出自《孟子》，所以用了雙重引號。而寫《老殘遊記》的劉鶚當然知道「於我心有戚戚然」並不代表哀傷，而是喜悅的共鳴。

詩郵

　　我知道如今電話傳短訊十分方便，Facebook 上也一片熱鬧。像我這樣追不上時代的人，也還懂得跟朋友通通電郵。

　　我知道青年人的通郵文字有他們另外一套，包括許多「火星」文字，暗語、隱語，還有故意講粗口說淫褻的話，風格卑下，不堪入目。習慣了這一套，以後要寫正經的、雅致的文字就有困難。

　　真希望結識一些寫詩的朋友，用詩的文字來通郵，那將是既高雅又有趣的事。像今晚是舊曆十五，月色清亮，可以傳一則電郵給有露台或天台的朋友：

　　　　今夜月圓，如尚未眠，請與君共此嬋娟。

對方也可作覆：

感君相憶，已沐浴清輝之下，送上綿綿情思，還望笑納。

風雨之夜，傳一電郵曰：

風雨淒迷，愁難入寐，心繫故人，謹祝安好。

對方回郵曰：

有勞掛念，一切安好，風雨聲中，但覺溫暖。

同樣是互通消息，為什麼不像古代信函那樣，多點文采，多點情思。這屬於精神生活的提高，這種奢侈是值得的。

奇妙數學題

　　大陸媒體報道，徐州一所小學最近有一條五年級的數學題，在網絡上爆紅，題目是這樣的：

　　　　小明的媽媽在超市買了十五個蘋果、二十個桃子和一個西瓜，共付了八元，請問小明媽媽的年齡是幾歲？

　　有網友猜測是老師本來想問總共需要多少錢，不小心寫錯了。怎會呢？題目已寫明共付八元。

　　有網友開玩笑說：「小明看了這題目留下陰影，求陰影面積。」又有人問：「八元買這麼多水果，求超市地址。」

　　學校老師表示，這題目無標準答案，學生怎麼答都可以，主要是訓練學生的辨識能力和思維。看來這只是老師搪塞之詞，本題的唯一答案應是：「沒有答案。」其他任何答案都是錯的。

老師在工作繁忙時走了神是常見的事，我有興趣的是老師本來想出的題目是怎樣的，把它還原。動了一輪腦筋，結果做不到。索性另出一題，適合五年級程度，題目如下，請你算一算：

小明的媽媽在超市買了十五個蘋果、二十個桃子和一個西瓜，共付了十八元，如果知道三種水果的總值相同，問各買一個一共要多少錢？

算式是 18 元 ÷3÷15 ＋ 18 元 ÷3÷20 ＋ 18 元 ÷3 ＝ 6.7 元

日日是好日

　　朱自清寫了一篇《匆匆》，惋惜一生三萬多個日子來去匆匆，算一算我已過去了二萬九千多天，未來有限的日子我將如何度過呢？我的座右銘是「日日是好日」，不論是晴天還是雨天，不論是花開還是葉落，我都要當它是好日子過，這才是生命的經濟學。

　　我這一生總算積累了一些智慧，能傳授一些把日子過好的道理，希望你把它們當做錦囊。

日日是好日

書法家謝琰老師贈我書法小品一幅，共五個字：日日是好日。立即裝進相框，置於案頭。

每日晨起，見此五字，心中立即充滿喜悅。哪怕外面或陰霾滿天，或苦雨連綿，或大雪紛飛，都不會影響我的心情。我無須外出，在家飲好茶，讀好書，聽好歌，與好友通電郵互相問好。這樣的日子，還想怎的？

兒女須早起各自上班，孫兒女要上學，早上頗有一番忙碌。想起不少人失業在家，世間多的是失學兒童。有機會上班上學，就該感恩。上班上學的日子都是好日。

朋友約飲茶，要開四十五分鐘的車去，其實都是閒聊，言不及義。一連幾天的茶局頗使你厭倦。但只要想一想：朋友約飲茶，即是有老友；自己能開車遠征，即是有老健；夫妻同往，即是有老伴；有錢埋單，即是有老本。人生到了這階段，有此四「老」，飲茶的日子，不都是好日麼？

這個月很多款項要付，汽車保險、房屋保險都到期

了，還有物業稅，都是大數目。銀行存款大縮水。回心一想：這代表你既有房產又有車，經濟狀況很不錯，付得起錢的日子，日日是好日。

下個月老妻要做白內障手術，我又要補牙，都是麻煩事，但都不用擔心。此地有好醫生，技術很先進。獲得良好治療的日子，日日是好日。

一句良好的祝福，彷彿有魔法。我也祝你：日日是好日！

日日是好日

林下隨筆

初到温哥華我卜居林下路（Underwood Avenue），路旁多巨木，亦符我隱居林下之旨。初到貴境，一切新鮮，把所得印象寫成小品發表於《明報》海外版副刊，欄名為《林下隨筆》。

給松鼠

親愛的松鼠朋友們：

你們好，這幾天我開車的時候，常碰上你們橫過馬路。你們的行動姿勢，實在不敢恭維，半跳半走的，完全談不上敏捷。最糟的是你們膽子很小，又把持不定。有時已過了半邊馬路，見有車來，便忽然走回頭。這出乎意料的動作，會使司機煞車不及，對你們最是危險。你們要向加拿大人學習，他們過馬路總是大搖大擺又慢吞吞的，這才是最安全的過馬路方式。

你們把我丟給你們的花生束收西藏，有時候我挖開花圃的泥種花，往往會發現你們的「儲蓄」。究竟你們有沒有在藏品外面做上記號？難道不怕想挖掘時找不到藏在何處？我至今仍有許多心愛的東西不知其蹤，大部分是收藏得太好的緣故，要等一個機緣再見它們露面。

近來我家那棵樹下面，常見有咬掉一半的果子，齒痕宛然，當然是你們做的好事。

這棵梨樹今年結的果子數目跟去年差不多，不過體積較大，有超級市場出售的水平。樣子雖不中看，味道卻是很清甜的。我不反對你們嘗新，但千萬不要浪費，留些給我們嘗嘗，也讓我們送幾顆給朋友共嘗。園裏的收穫，雖然有我的勞力在內，但主要還是靠陽光、泥土、雨水這些大自然的施予，因此你們也該享有一份，你們可放心享用，別客氣！

浣熊的惡作劇

旅行途中買了兩張明信片，其中一張是兩隻浣熊藏身在一個樹洞裏，一大一小，大概是母親和兒子吧。

我買這張明信片純粹是因為牠們的神態可愛。雖然浣熊的名譽不大好，牠們的惡作劇和對人類造成的滋擾使牠們臭名遠播，可是我們仍寬宏地原諒牠們，接納牠們。許多紀念品店裏都有木的、石的浣熊雕像，牠們有趣的尊容出現在

許多畫冊和明信片上。

這張明信片上附有說明，解釋牠們為什麼喜歡在河裏去洗手上的食物，原來是牠們的手掌在濕水之後，敏感度會大增，使牠們在搓揉手上的食物時，能分辨哪些能吃，哪些不能吃。

最近還聽朋友說起牠們的一樁惡作劇：有人在花園裏新鋪了草皮，像地氈那般可以捲起來、鋪開去的那種。第二天早上，發現本來鋪好的草皮，竟被揭起捲成一卷卷。

起初以為是附近的頑童所為，於是把草皮重新鋪好後，還用石頭壓住。

誰知第二天早上，草皮依然被捲起。有人說晚上曾經見到浣熊的蹤跡，看來這次又是牠們做的好事。

浣熊是美洲的原居民，也只有美洲才有。是我們人類騷擾了牠們，不是牠們騷擾了我們。請對牠們的「惡行」多多包涵。

野趣

我的後園被一條小澗一分為二，近屋的這邊大，澗對岸那邊小。這邊是一塊平整的草地，對岸是三棵參天的大樹，樹蔭下雜草叢生。

這一邊頗需要我的勞動力：剪草、修樹、施肥、栽苗、

除雜草、搭棚架，而澗那邊我決定讓它保持原始狀態。

保持原始狀態不是為了省事，而是我欣賞那份野趣。像這個季節，不用我播種，不用我施肥，數不清種類的植物蓬蓬勃勃地長出來了。它們大部分是適合在陽光不足的環境下生長的品種。我認識的只有蕨類、長春藤、蒲公英、毛茛等有限的幾種，其他如葉子好大像菜的一種，一棵棵鶴立雞群高過其他的一種，我都說不出它們的名字。除了毛茛每天開出過百朵的黃花之外，其他不知名的植物說不定有一天也會開出奇艷的花朵來。

朋友來參觀園子時，有人建議把小澗對岸也整修一番，還有人建議蓋搭一座涼亭，我都一笑置之，只把少數欣賞野趣的朋友視為知己。

就像成年藝術家欣賞兒童藝術的稚拙趣味，雖刻意模仿亦總覺不及；園藝家刻意在園中製造野趣，恐怕總不及自然形成的那麼生機蓬勃。

童年時代常在一些荒蕪的園子和廢棄了的田地上玩耍，那是充滿神秘趣味的所在。如今在自己園子裏保全這樣的一角，正可重溫童年的舊夢。

長板凳上

記憶中有許多長板凳的往事，那許許多多個甜蜜的黃

昏，並肩坐在樹下，月色溶溶，香澤微聞，整個身心沉浸在幸福之中，願意坐上整個黃昏，何妨坐到天明！

還記得那個蓮池，池邊有大樹，樹上有蟬鳴，空氣中有花香，樹下有長凳，我們坐在凳上看書，看到精彩處忍不住與另一個分享，看到疲倦時以她的膝當枕。

還記得晚飯後帶孩子到公園去，坐在長凳上看他們盪鞦韆、坐滑梯，直至天色暗下來，才強迫他們回去。轉瞬間他們都已長大，偶然經過那公園，長凳上坐着其他孩子的父母。

我現在的園子有一條小溪，有一棵垂楊，有一幅草地，於是我想有一張長板凳，就像公園裏的那種，放在小溪邊垂柳下的草地上。

隨着天氣漸暖，商品宣傳單張上有許多花園的設備：剪草機、灑水器、遮陽傘連桌椅……也有那公園款式的長板凳。最便宜的一家只售三十八元幾角。

我買了一張，自己在草地上安裝起來，一共有十二根木條，要用二十四顆螺絲把它們固定在鐵腳上。因為不熟手，裝裝拆拆，用了個多小時，總算完成。

我請妻幫着把它抬到柳樹底下去，然後我們並肩坐下。

於是我們又記起了那許多過去的日子，今後只要我們願意，隨時可以重溫那美麗的舊夢。而當月上柳梢時，我們無須相約，便可攜手同賞清輝，在那自己安裝的長板凳上。

懷念蟲兒

後園一樹梨花開得正盛，嗅嗅不覺有什麼香味，擔心吸引不到蜜蜂來採蜜，影響收成。留意觀察，才看到一兩隻蜜蜂在枝頭鑽進鑽出。心想如果是在香港，那蜜蜂和蝴蝶該是連群結隊而來了。

大概是受天氣影響，此地的昆蟲鳥雀種類和數目都少於亞熱帶的香港。

數年來竟不曾見過一隻蝴蝶，梁祝的精靈無意來此。也不曾見過蜻蜓，雷雨前滿天飛舞的壯觀固然不會出現，點水於蓮葉之間，靜立於新荷梗上的畫意亦無從得睹。

夏日固然聽不到蟬鳴，春雨池塘也沒有蛙鼓，紡織娘無意在此設廠，階前不聞蟋蟀的歌吟。

蚱蜢、金龜子、金絲貓這類孩童的天然玩具十分難尋，燈前也欠缺魯迅曾向牠們致敬的小青蟲陪我寫作。

牆角的蜘蛛看來常處於飢餓的狀態，唯一使我高興的是沒有猥瑣的蟑螂用牠們多毛的腳到處爬來爬去。

湖在林深處

從地圖上早已知道家居不遠處有一個湖，也曾找過兩次，卻未有發現。

在一位愛遠足的女士帶領下，我與妻終於在一個冬日的黃昏來到湖邊。

湖不大，四周有樹林環繞，林後是山。

通往湖的路口有告示牌，提醒遊人此區有野熊出現，不要驚嚇牠們，也不要餵飼牠們。

冬日的陽光為樹林阻隔，只在樹梢看到金黃的餘暉。湖水幽暗，卻倒映着深黑的山影和樹影。湖水完全靜止，沒有一絲漣漪，因此整個湖景就像一幅靜止的畫。要仔細看，才看到唯一在動的是湖面的一層薄霧。

極目望到湖的盡頭，是一座雪山，反射着陽光，似乎是另一個世界。而眼前的世界是如此清冷悽迷，即使沒有不開心的事，也使人有想哭的感覺。不是哀傷的哭，是一種絕頂的美帶來的感動。

我可以想像，這個湖有四時晨昏的不同景色。她還有環湖的林徑，帶來不同的景觀和意境。由於她僻處林中，遊人稀少，我大可把她當作我所擁有的，隨時來遊，也沒有人打擾。

從我家來此，步行只二十分鐘可至，今後必定常相過從，與她親近，發現她百種千種的美態，請恕我不寫出她的名字，因為我不想有太多人驚擾她。

湖濱冬遊

自從發現有個美麗的湖離家不遠之後，只要天一放晴就忍不住要去走走。

一次是雪後，踏雪遊湖，別是一般滋味。大兒第一次隨我們來，他的第一個感覺是：「啊，我好像在做夢一般。」

我聽了心中喜歡，原來此湖之美，並非我有所偏愛。

後來，我又與妻繞湖一周，發覺只須半個小時，比我們的想像略少，卻是平日散步最適合的路程。

樹木也有他們的自然死亡，林間不時看見橫倒的「屍骸」，漸漸腐爛成為泥土的一部分。但往往從那衰朽的軀幹上長出新的幼樹，充滿新生命的幼樹。

林中的動物不多，除少數幾種鳥兒不知躲藏在哪裏啼叫之外，我們只見過松鼠和鹿。看見鹿使我們驚喜非常，牠從容地在我們的前面緩步。五分鐘後才走入樹叢不見了蹤跡。

昨天偶然看見路邊一棵楓樹上，成千塊楓葉紋絲不動，因為沒有風。其中卻有兩塊不停地大動作搖擺，甚為怪異。今天再經樹下，兩葉搖擺依然，想是氣流造成。執筆至此，不知它們有機會休息否？

破曉湖上

今早散步到惹思湖邊（湖名 Rice Lake，我譯之為惹思湖）時，發覺那釣魚台邊避雨的小亭，已改裝成賣魚餌、租賃小艇的小店，看清楚原來是拍電視劇的佈景，有佈告說明這件事，還有一個青年人在「店」裏看守。

我們跟那寂寞的看守人閒聊，原來他昨晚整夜在此當班。深夜林中湖邊，怕不怕有野獸或精靈出現？他的膽子可不小。

他說在清晨五時半左右，忽然看見湖裏的魚兒紛紛躍出水面，此起彼落，蔚為奇觀，後來才慢慢靜下來。

到六時左右，又見數十隻野鴨，在水面低飛滑翔，並且嘎嘎爭鳴，約二十分鐘才成群遠去。他叫我們看水面飄浮的一些茸毛，就是群鴨嬉戲時留下的。

此時湖面一片平靜，水底倒映着藍天白雲，既沒有魚躍，也沒有鴨嬉。我們想看這樣的熱鬧，除非明天更起一個早。

魚兒為什麼在那時分跳躍？群鴨為什麼不在此時出現？是不是牠們知道只有那破曉時分才完全屬於牠們，只讓這整夜留守的漢子開了一次眼界。

即使世界終止

一位朋友不想我寫太多惹思湖的文字，或許這類文字比較靜態，看多了會厭。於是我忍手了一個時期，可是今天我又想寫她一寫。

遊惹思湖不宜假日，也不宜天氣太好的日子，因為這樣的日子遊人比較多，遊人一多，情味便減。

惹思湖甚至不宜多人結伴同遊，最好是情侶或夫婦，就那麼兩個人，進入一個絕對寧靜幽謐的世界。

青山含笑，綠水有情，市聲完全隔絕，只是偶爾從林中傳來幾聲清脆的鳥鳴。此時也，你倆握手並肩，甚至想到即使世界於此刻終止，也不會覺得遺憾了。

天氣不要太好的另一個原因是陰天、雨天、雪天都比大晴天更有氣氛。

如今是夏天，群樹一片鮮綠，但看上去稍嫌單調，寧願看秋冬的寒枝映襯在灰暗天空的背景上。

還不曾試過一人獨遊此湖，想必另有一番滋味。陳子昂登幽州台獨滄然而涕下，朱自清月下獨遊荷塘為那淒清的夜色着迷，如果當時他們與人同行，便寫不出那麼有感受的文字。找一天我要獨自去逛逛。

視而不見

偶爾有朋友來北溫遊覽，要我做嚮導。我義不容辭，也很樂意去做。

有一次來了十多人，是一個步行小組，我帶他們去遊我最醉心的惹思湖。我們經過樹林，我說：看這些樹多高多直，他們千百棵悄悄地站立着是多麼的蕭穆。你們看陽光在樹幹上造成的邊光，在地上投射的樹影，拍下來就是一幅沙龍。

可是我見他們隨便瞅一眼，沒有誰發出驚歎的聲音。我聽到他們三三兩兩的閒談，但所談與大自然無關，有人談兒女回流，有人談婆媳難處。

我們來到湖邊，我說：看這些倒影，水裏的風景更勝真實。看那邊一群野鴨多麼徜徉自在！我說：這個湖平日絕少人來，與愛侶同坐湖邊，幾疑自己已成世外仙侶。

可是我見他們也只是隨便望望，談話的繼續他們的話題，某一對夫婦還在繼續他們的爭論。

這使我覺得奇怪，既然對眼前美景視而不見，卻為什麼要來？或許他們的目的就是找到傾訴的對象，至於樹也、湖也，又不是明星，又不是珠寶，有什麼好看的！

璀璨秋色

據説水果是一年隔一年的豐收，如果今年是大造，明年便會減產。

楓葉的美麗程度，不知有沒有類似的特點？記得去年的楓葉絕沒有今年的瑰麗多彩。

這幾天我寧願坐巴士也不想駕車，因為坐在巴士上可以安心賞楓，遇上好看的一株或一大片，還可以幾番回眸；自己駕車要集中注意力，只能「偷窺」一眼，又把視線收回了。

今年楓樹的美已超越春花，那顏色從鵝黃到淺綠，從紅褐到血紅，其層次之豐富，變化之繁多，看得藝術家也目瞪口呆，歎一聲美的創造力誰也及不上造物主。

從前一説起楓葉便想起「霜葉紅似二月花」，把楓葉等同紅葉。今年我卻覺得那不同深淺帶綠帶褐的黃，更有變化，更值得欣賞。那淺色帶綠的黃使人錯以為春天提早降臨了，而那帶褐的黃卻又帶來了黃金一般的秋色，是那麼的豐盛富足。此地的櫻花雖也繁茂，但比起大片楓林形成的使人窒息、使人吞唾沫的美，卻又輸了氣勢。

當我看到每棵楓樹下都有大堆落葉時，便想到這秋葉之美為時也頗短暫。要看，要貪婪地看也要趕快了。

我會在樹下揀拾一些，寄給遠方友人，讓他們能分享一小片秋色。

　　　　　　　　　　日日是好日

秋葉，流水

生活中雖多困擾和憂思，卻仍有空間與大自然溝通。這些時沒有一天不讚歎秋葉之美，從鮮嫩的黃到血一般的紅，中間是數不清的褐和赭，五彩斑斕，難以名狀。尤其是陽光斜照時，那豐盛之美，更勝於春花。

樹下已滿是落葉，踏上去發出碎裂的聲音。我想對他們說的是：朋友們，在從生命所維繫之處飄落之前，你們以最燦爛的面貌向這個世界微笑，然後悄然飄落，化為養料，滋潤母體，這是多麼的情濃，又是多麼的灑脫。

在園中收集落葉時，聽到身旁小澗中流水響得甚歡，這是一年之中，澗水最豐盛的時刻。他們好像在呼喚我：「喂，為什麼不來跟我們親近親近？」

他們的確經過很長的旅途，才來到我的園中，然後又匆匆而去，流向大海。

我經不起他們盛意拳拳的招呼，反正穿着長靴，便一步步踏進澗中。流水從我腿間流過，清冷的感覺透過長靴給我從雪山上帶來的涼意。那迴旋流動的水是如此清澈，我忍不住掬在掌中喝上一口，那清冽從齒牙一直進入臟腑。我成為他們旅途的一部分，真好！

落葉季節

正是落葉季節，不但是楓樹，還有其他許許多多種類的樹，都抖落一身的葉子，剩下光光的枝幹。本來被遮擋着的天空、遠山、房屋都顯現了出來，空間變得廣闊了。

許多掉在地上的葉子並未枯萎，有嫩黃、有淺竭，一張張互疊着，形成美麗的圖案。我喜歡撿拾一些小片而顏色好的，寄給遠方的小朋友。

以我粗淺的植物學知識，以為植物落葉是為了應付秋冬乾燥的氣候，葉子掉下之後減少了水分的蒸發。可是溫哥華的秋冬反而是雨季，樹葉照掉可也，又是為了什麼呢？這有待植物學家的解釋了。

我能夠想得出來的理由只是：舊葉子不掉，春天怎會有新葉子？

因此舊葉子是值得我們欽佩的，它們不戀棧於枝頭，該離休的時候便離休，自己變成肥料，滋養本株。那些走路也要人扶的政壇元老，請向落葉學習。

蒲公英的種子球

《本草綱目》把蒲公英編在「菜部」，其實很有理由，此地便有人把蒲公英的嫩葉當沙律吃或者作蔬菜。如果有烹

飪節目介紹幾款蒲公英菜式而又美味的話，相信蒲公英的數量一定大為減少，因為都給我們吃掉了。

香港市政局出版的《香港草本植物第二卷》上記載：「蒲公英乾的根莖經磨碎後可作為咖啡的代用品。」戰爭期間咖啡價貴，不妨一試。

市政局這本書上說蒲公英原屬歐洲的草本植物，現已廣泛移植於全世界。我發現園子裏植物生存條件最惡劣的地方，正是蒲公英生長最茂盛之處。如果要到什麼星球上試種地球植物，蒲公英當屬首選。

我為蒲公英「節育」的措施一直在進行，每天把園子裏出現的小黃花盡數剪回來插在瓶中。但仍有漏網的，花謝之後，成為一個美麗的種子球，白色茸毛在外，芝麻樣的黑色種子在內。我把這漏網的茸球剪下，小心翼翼地怕它們一碰就飛得到處都是。這茸球看來眼熟，唔，原來像溫哥華科學館的那個網狀球體建築。我懷疑建築師的靈感正來自蒲公英的種子球。

我把一球種子的數目數了一下，剛好二百四十顆。有時間會找另一球來計算一下，看是不是一樣。

如果每顆種子都能成長，即使一棵只開一朵花，再傳三代已經是一千三百八十二萬四千棵，問你怕不怕？

除雜草「秘方」

雜草和青苔是草地兩大敵。

有殺雜草的藥，也有殺青苔的藥。可是我對那些說明文字中的使用量總是搞不清楚。結果不是用少了便是用多了。用少了是無效，用多了卻連正草也殺死，枯黃一大片，比未使用之前更糟。

翻開上園藝課的筆記，老師也說這些藥不但殺雜草和青苔，對你想要的草也造成傷害。而且人在草地上休息或遊戲，也可能受毒性影響。老師推薦的最佳方法，跟除木蝨「秘方」異曲同工，一是「勤捉」，一是「勤拔」。

不論雜草和青苔生長有多快，它們總需要一個生長過程，只要我們拔的速度高於它們生長的速度，或遲或早，草地就會恢復純淨翠綠。

問題是我們找不找到時間去「勤」？

我認為即使頗忙的人也可以找到時間去做。

譬如等老妻一同上街，把車從車房開出來，一等不見，二等不見，從前我會心煩，如今我會蹲在草地上，見一棵野草拔一棵。如果她老人家遲出來十分鐘，我起碼可拔雜草一百多棵。

又譬如寫稿倦了，昏昏欲睡。與其走去睡覺，不如到草地上去除野草。除野草是機械動作，可以一面做一面為下

一篇文字打腹稿。半小時之後，腹稿打好了，雜草也拔了一大堆，瞌睡自動消失，豈不甚妙！

天人合作

去年到美國欣賞鬱金香，留下了深刻的印象。很佩服那裏的花農，他們有大氣魄，拿花朵代替顏料，塗染大地，創造出如此巨大的畫幅。

今年再去，又感覺是造物主在向我們顯示他的大能，哪怕是同一種類的花兒，也能夠變化出許許多多的美態。

那白的白得賽雪，紅的紅得似火，白中帶黃的是如此清雅，紫得發黑的像濃烈的葡萄酒那麼醉人。

好像要把它們的美麗發揮到極致，太陽以它的光慷慨地相幫。正射的光使花朵分外鮮艷，背面的光卻增添了層次，從半透明到最深最濃的色素，朵朵立體感強烈。

我也知道這中間花農功不可沒，沒有他們的辛勤培育，不可能美得如此集中，如此有條有理有安排。天然加上人工，乃有此看不厭的奇景。

勒鞏納小鎮上有許多有趣的小店，如玩具熊專門店、娃娃專門店、古玩店，我最喜歡的是一間木製品店。大如家具、小如擺設都把「木味」發揮出來，那些美麗的木的紋理，是造物主的書法和素描。幾隻木鴨子身上的線紋，圓轉

流暢，配合鴨子身體不同部位而自然地變化，精妙絕倫，使我差點兒忍痛（頗貴）買下。

另一些製品除了打磨光滑的部分之外，保留了凹凸糾結的瘤，十分有趣，我想這該是造物主的雕刻作品了。天人合一，共創藝術精品，好得很！

癡心留一角

香港小學有實行活動教學的，把課室闢為多個角落，如圖書角、美勞角、科學角、生物角、故事角、數學角⋯⋯琳瑯滿目，供不同興趣的同學流連其間，亦配合不同的教學活動。

參觀友人居所，發現男女主人往往各有所好，為自己在宅中留有一角私人天地，但歡迎親友參觀欣賞，如音響角、美酒角、品茶角、盆栽角、誦經角、練字角⋯⋯有了這些角落，家成為一個極具吸引力的地方。

生活在溫哥華，許多人都擁有自己的園子，這園子如何經營佈置是很費心思的一件事，有人也把園子分為玫瑰角、丁香角、杜鵑角、茶花角、蔬菜角⋯⋯視日照和欣賞角度而定。

我曾寫過一文嫌香港校園的水泥地太多，寧願留下一角野草地讓孩子捉草蜢、追蝴蝶。書法家何思搗先生便在園

中留下這雜草野花之一角，並自書一聯曰：「癡心留一角，野草亦多元」。多元者，多元文化也，雖野草亦應佔一位置。

燈塔之夢

西溫哥華的亞堅森燈塔，已正式列為國家歷史古蹟，可是燈塔管理員可能漸漸被自動化儀器代替，以節省開支。

曾經往燈塔所在地的燈塔公園一遊，想在燈塔下面拍張照片，那通往燈塔的梯級有閘門攔着，而且寫着不得進入的告示牌，這打算只得作罷。

也曾有過做燈塔看守人的願望，不是想遁世，而是另一種的浪漫。

燈塔的所在地大多是景色壯麗而人跡罕至的，我想在五十歲之後獲得一份這樣的職位，每日看碧海藍天，沙鷗飛翔，夜間還可欣賞海上生明月或燦爛星天，那有節奏的潮聲將伴我入睡。我可以在塔裏閱讀、寫作、沉思。絕不擔心有人打擾，也避去一切無聊的應酬。

我也需要一部收音機、一部電視機和一具電話，因為我對「人間」未能忘情，但在燈塔裏收聽或收看俗世消息，倒像是神仙窺看凡間，關心卻不一定要操心。

當心血來潮時，可以與好友通通電話，也像是從另一個世界跟他們通消息，我要帶給他們不同的感受，不同的角

度，有點像離開這個世界的親友在夢中與他們交談，定會留給他們深刻的印象。

可惜，這只是一個不能實現的夢想而已。

為樹取名

愛德華王子島那最有名的安妮是個有情人[1]，她不但對人有情，對物一樣的情濃。

她甚至為一棵樹、一盆花取名字，她的說法是：我們不能簡單地稱一個人為「人」，人是有名字的；因此我們也不該簡單地把一棵樹叫「樹」，即使叫它們松樹、柏樹也不能顯示個別的身份。於是她為每一棵樹取上不同的名字，使這一棵松跟另一棵松有分別，因此這一棵是老約翰，另一棵是大隻佬斯提芬。

在某些統治者眼中，全國的人只用一個「民」字來代表，聽話的是順民，造反的是暴民，投票的是選民，遷進或遷出的是移民。既然每個個體只是個「民」字，也就面目模糊了。

面目模糊便不會用情，可以把他們當籌碼，押上政治或軍事的賭桌。

1　安妮，*Ann of Green Gables* 一書的女主角，作者 Lucy Maud Montgomery（1874—1942）。

被當作籌碼的「民」被犧牲掉了，賭博的雙方只有輸贏帶來的喜悦或失意，被犧牲者的命運和感受，他們是絕對不會關心的。

「天堂」出讓

派爾瑪夫婦於一九七一年間買了一個叫 Jedediah 的小島。小島位於温哥華島東面的海峽中，面積有六百四十英畝。

到過這個島的人會説，世間如果有天堂的話，此島庶幾近矣！

島上有足供飲用的清泉，遍佈原始林木，還有野鹿、浣熊、禿鷹、海鳥和西班牙探險者遺留下來野化了的山羊，在岸邊可看到殺人鯨成群游過海峽。

島上除他們的居所外，有一座二百米高的小山可觀看全島景色，又有美麗潔白的沙灘和一百畝可供耕種的農地。

派爾瑪夫婦由於年老和生活上的方便，三年前遷出此島，他們需要一筆錢，決定把此島出售。有發展商出價七百九十萬元，卻被他們拒絕了。他們想公家買了這幅地闢為公園，讓所有人民都可以到島上來遊玩，他願以四百萬元的低價沽出。

可是極感興趣的加拿大自然管理局，卻沒法拿出這筆

錢來，卑詩省兩級政府也慨嘆有心無力。兩老均已七十三歲，不能久等，此美麗的小島前途如何，使人擔心。

此事使窮鬼阿濃忽然對自己的沒錢遺憾起來。但願兩老得償所願，讓這美麗的小島永遠屬於大眾。

天堂景象

遊露薏絲湖，其美麗果然如許多朋友所形容的，像是人間仙境。但印象最深的卻是以下一幕：

一位穿蘇格蘭裙的演奏者，一面跟遊客閒談，一面示範吹奏他的瑞士長笛。他要大家留意聽湖邊群山送過來的回聲。

長笛悠揚地響起，回聲掠過湖面，回到我們的耳畔，與隨後的樂音和諧地合在一起。

這時圍觀的遊客已有五六十人，卻有一隻不知名的鳥兒降落在湖邊一塊石頭上動也不動。跟着有一隻松鼠類的小動物也跳上這石塊，牠如人一樣的靜立着，像是在傾聽這美妙的樂聲。

鳥兒和松鼠站立的石塊，就在遊客們的身旁，要捉牠們舉手可及。可是牠們安然地站立在那裏，完全不擔心有人會捕捉牠們，傷害牠們。

這使我記起了一幅描繪天堂景象的圖畫，有仙女在樹

木與清泉間吹奏樂器，在她們的旁邊除天使以外還有各種各樣的動物，那兇猛的獅子老虎，跟馴善的羊呀、兔呀擠在一起，誰也不覺害怕，誰也不想破壞這寧靜美麗的環境。

眼前的景象與這幅圖畫其實相差無幾，動物可以毫無戒心地與我們一同欣賞音樂，這情景實在使人感動。

不捨此屋

越近搬家的日子，越覺得不捨。

捨不得那條小溪，是我家不知源頭的活水，站在溪邊聽那汩汩的泉聲，便會想起孔子說的：「逝者如斯夫，不舍晝夜。」

捨不得那三棵百年老樹，站在樹下自覺是它們的忘年交，我欣賞它們，它們也欣賞我。

捨不得那片野草地，它們旺盛的生命力，給我深深淺淺、千姿萬態的綠。

捨不得南牆的玫瑰，它給我千朵的艷麗，縷縷的清香，我曾將花瓣附在信中寄給遠方的友人。

捨不得門前那塊巨石，不知何年何月它就默默地安頓在那裏，駕車回來見到它，便到家了。

捨不得這條街，又平又直，夾道的綠樹，恬靜極了。下雪之後，立即變成聖誕卡上的風景。

人與人有緣，人與屋亦有緣。我有緣在此大約住了一千個日子，卻因為更多家庭成員的團聚，地方不夠，要另覓新居，去跟另一間屋子結緣，這間溪邊林下小屋於是緣盡了。可是它將永遠存在我記憶之中。

　　　　　　　　　　　　　日日是好日

「看殺」和「睇死」

西晉有位名士，名叫衛玠，能言善道，又生得漂亮。他上街時，人人爭睹，稱他為「璧人」。可惜他身體不好，二十八歲就逝世了，有人說他是被眾多人追看勞累致死的，所謂「看殺衛玠」。粵語中的「睇」是看的意思，「睇戲」即看戲。但「睇死」不同「看殺」，「睇死」表示十分小看，例：「睇死你冇出息！」中國人愛看殺頭，魯迅就是在日本學醫時，看到一段幻燈片，片中麻木的中國人爭相看同胞被殺頭而無動於衷，才憤而棄醫從文。他在《阿Q正傳》中也有阿Q被押送往法場的描寫，他後面「全跟着螞蟻似的人」，都是來看殺頭的。

人只要有視力，總是喜歡看的。古時大膽的女子看美男，不但看，還把水果擲到他車上，就像現在演唱會擲毛公仔和鮮花。有一位美男子名叫潘岳，去一趟街便「擲果盈車」，他家無須買水果了。至於看美女，那就從古至今都是大眾的嗜好，選美活動就是選出美女來供大眾欣賞。古代有

身份的女性在外走動的機會不多，只能在後花園隔牆偷窺，或趁燈節之便外出玩耍，不然就是到寺廟上香，發展出許多一見鍾情的故事。白居易《井底引銀瓶》詩：「妾弄青梅憑短牆，君騎白馬傍垂楊。牆頭馬上遙相顧，一見知君即斷腸。」辛棄疾《青玉案》：「眾裏尋他千百度，驀然回首，那人卻在燈火闌珊處。」才子唐伯虎就是在寺廟碰上俏丫鬟秋香的，《唐伯虎點秋香》成為多種劇種的劇目。

眼是最善於傳情的身體部位，所以有成語「眉目傳情」、「眉來眼去」。《水滸傳》第二十回，浪蕩子「小張三」看上了宋江的姘頭閻婆惜，閻也有意於他，小張三「見這婆媳眉來眼去，十分有情，便記在心裏。」《警世通言》第二卷《莊子休鼓盆成大道》，莊子詐死後，妻子田氏「每日假以哭靈為由，就左邊廂與王孫攀話。日漸情熱，眉來眼去，情不能已。」

司馬遷的《史記‧貨殖列傳》寫不同時代、不同地區、不同人物求財富各有其方法。「今夫趙女、鄭姬，設形容，揳鳴琴，揄長袂，躡利屣，目挑心招，出不遠千里，不擇老少者，奔富厚也。」這些趙國、鄭國的女子，悉心打扮，演奏樂器，穿飄飄的長裙，輕便的舞鞋，不怕迢迢千里，不論年紀老少，用眼波去誘惑逗引，目的都是求財。這些掘金娘子今日的表現也相差無幾；「設形容」，更類似今天的整容；「揄長袂」，是性感的晚裝；躡利屣，是今天的高跟鞋……

高幹、富二代都是她們大拋媚眼的對象。

現代人稱眉目傳情為放電,有電眼美人、電眼小生。電有電波,舊日稱之為秋波。秋天的水波特別清澈,用來形容眼神。王實甫《西廂記》,張君瑞偶遇崔鶯鶯,打個照面後,張說道:「怎當他(她)臨去秋波那一轉,休道是小生,便是鐵石人也意惹情牽。」

把眼神形象化為水波,很是傳神。卻也有反其道而行,把水形容為眼波。宋代王觀《卜算子·送鮑浩然之浙東》上闋:「水是眼波橫,山是眉峰聚。欲問行人去那邊?眉眼盈盈處。」

眼可以傳情,不光是好感,也包括惡感。《晉書·阮籍傳》說阮籍見到自己喜歡的人,眼球居中,青黑色,所謂青眼。見到不喜歡的人,兩眼反白,表示憎惡。他母親去世時,一個叫嵇喜的人來拜祭,阮籍白眼相向,使嵇喜很不開心。嵇喜的弟弟嵇康帶了酒和琴來慰問,阮籍很高興,以青眼對他。後來我們有了兩句成語:「橫遭白眼」、「青眼有加」。有人看中你,對你有好感,謂之「垂青」。

對人的觀感其實很主觀,你的「眼中釘」可能是別人「情人眼裏」的西施,你的「寶貝兒」也可能是別人眼中的「廢青」。

儀容雜談

　　溫哥華多美女，在商場坐十分鐘，隨時有十個八個港姐質素的靚人在面前經過。不過沒有天生麗質的也不必自卑，可以以氣質取勝，更是耐看。

眼睛吃冰淇淋的季節

　　溫哥華眼睛吃冰淇淋的季節極為短暫，要「吃」快「吃」。

　　大概只有三個多月時間，溫度在攝氏三十度上下，很快秋風一吹，陰雨連綿，短褲和小背心就會消失。

　　此地的青春少女身材比較健美，這跟她們的飲食和DNA有關。她們的着裝比較大膽，上下都肯露。更難得是她們對人家的注目不反感，不會把看她們的男人當色狼看，而是友善地微笑。

　　有些地方的女子又要行性感，又不大方，你看她，她

瞪你一眼，然後遮遮掩掩！真想問一句：「你們這樣穿，僅是給自己看的麼？」

上天造萬物，各有美感，人的美感最為豐富。但如不計風度、儀態、心靈，身體及外表的美僅在四十歲以前，而適合異性欣賞的階段只剩十五歲到四十歲左右，真是要看快看。

我們看山看水，看花看草，看雲看樹，看鳥看獸，從沒有人責備，還認為是雅事。那麼看人又有什麼不對呢？只要心中沒有邪念，光明正大地看過去，有禮貌，不猥瑣，不使對方感到壓迫，那就但看無妨。

優雅之難

與妻閒聊，談到個人形象，發覺其中以優雅為最難。

所識友人中，竟無一人具此風格。再從影視藝人中搜尋，俊男美女多矣，卻不能歸入此類。

先找女的，某人豔麗，令人不能逼視；某人雍容，持重了些；某人熱情，張揚了些；某人活潑，幼稚了些；某人夠"cool"，又冷了些……

再找男的，有人粗獷，嫌野了些；有人豪爽，江湖了些；有人溫柔，脂粉了些；有人浪蕩，不羈了些；有人正派，嚴肅了些……

在我們心目中，優雅要具備多方面條件。

在身體方面，他不宜粗壯肥胖，要有相當高度，不一定是俊男美女，卻也得眉清目秀。肚腩是一定不可以有的，毛髮不要太豐盛。

在打扮方面，他要懂得穿衣服，而且能穿得好看。取寬鬆而棄緊窄，取簡單而棄繁複，取純淨而棄花哨。飾物最多一兩件，屬款式別致的自然材料。

在言語方面，不高聲，不多言，不咄咄逼人，無粗言穢語，具文學和藝術修養。

在態度方面，不急不徐，自然從容，不做作，不誇張，不鄙俗，不驕傲，有情而內蘊，有原則但不強橫，舉手投足，賞心悅目。

胖得可愛

似乎只有在嬰兒時期，人家會說他胖得可愛。之後或有意或無意，胖都是負面詞，即使在電台電視公開播放，也能逃過編審的耳朵，不覺得是一種歧視。

譬如形容一個被視為差劣的競爭對手，就說他又矮又肥，還找一個醜角去飾演，把他的失敗視為理所當然。

其實胖也可以胖得可愛，下面是一個旁觀者的意見。

要胖得可愛先要學習動作輕盈，以避免「又肥又論盡」

（論盡，粵語方言，指笨手笨腳）的成見。去學習一點舞蹈或武術絕對有幫助，我見過一位體胖的舞蹈老師身輕如燕，也看到大塊頭的洪金寶身手不凡。胖和敏捷並非勢不兩立。

要胖得可愛，盡量不要往人擠的地方去，空間已經小，怎容得下你。到達一個場合就要審度形勢，包括車廂和餐桌。哪裏不妨礙人，就到哪裏去。坐在兩個瘦人中間好過幾個胖人擠在一起。還要考慮去洗手間的方便，最好避免擠過來又擠過去。

胖就不要穿緊窄的衣服，只會把贅肉到處亂擠；卻也不要闊袍大袖，使人覺得你件頭更大。穿合身的衣服最順眼。

多笑少哭，笑配合胖人形象，哭使他變得滑稽，但得不到同情。

吃相要斯文，免得別人說：「難怪！」

老得好看

「老」與「醜」難分難離，報上刊登的那些百多歲人瑞的照片，往往跟殭屍無大差別。要老得好看，不是靠化妝。七十歲以前化妝還可幫補一二，七十以後，薄施脂粉添點顏色還可以，濃妝豔抹就會殺死人。八九十就只能當是自己的安慰劑了。

要老得好看，靠的不是外表，重要的是從內到外的一種氣度。

一是慈祥，不但對自己的孫兒女如此，對外人，包括窮人家的孩子、頑皮的孩子都一樣。人一慈祥，臉上那怨毒不滿之氣就消失了（不少老人家是有的）。

一是寬容，對什麼都看得開，不會芝麻綠豆的事都計較，有人犯了過失，只要肯認錯，一般都肯原諒，於是他臉上的刻薄之氣就消失了。

一是樂觀，能活到這個年紀，不是容易事，看盡風雨變幻，得失不過如此。最重要是開開心心歡度餘年，臉上常帶笑容，還保持一份幽默感。不像某些人整天愁眉苦臉，唉聲歎氣，影響身邊人的情緒。

一是整潔，頭髮梳得整整齊齊的，衣服乾乾淨淨，身體沒有氣味，東西不會亂放，給人的感覺是清爽舒服。

這就是老得漂亮。

什麼是瀟灑？

瀟灑是一種自信。不論出席什麼場合，面對什麼人，他都自然率真，不拘束，不做作，不躲藏，不張揚，信心滿滿，談吐高雅，舉止大方。

瀟灑是一種勇氣，處變不驚，胸有成竹，無手足無措狼狽之態，更不會推卸責任，諉過他人，有擔當，輕生死。

瀟灑是一種量度，不嫉妒，不忌才。人謗我，一笑置

之。人獲重賞，我喜為之賀。感情受挫，不出惡聲，默默為之祝福。

瀟灑是一種詩意，生活不為雞毛蒜皮的俗務所困，日子過得從容自在，周遭充滿藝術氛圍，在書聲琴韻中度日。

瀟灑是一種樂觀，在逆境中也不意志消沉，窮風流，餓快活。「天跌落嚟當被冚」。深信「天生我才必有用，千金散盡還復來」。

瀟灑是放得下，金錢的損耗，愛情的錯失，都能面對和接受。不會整天愁眉苦臉、唉聲歎氣。

瀟灑是不拘小節，容許自己的行為異於世俗，不會驚世駭俗，更不會傷風敗俗。適性而為，自得其樂。

瀟灑是一種豪爽，不緊張錢，不計較回報，找他做事，是對的就答應，是錯的就拒絕，幫過人從不記在心上。

瀟灑是先天的遺傳加後天的培養，要扮，扮不來。

歪少少的趣味

兩兄弟參加陶藝班，哥哥做了一個花瓶，很正規：弟弟做了一個茶壺，壺嘴壺柄都是歪的。老師說哥哥做得不錯，但弟弟做得十分好。他說哥哥做的只能算工藝品，弟弟做的卻是藝術品。哥哥不服氣，說弟弟的茶壺是歪的，根本不能沖茶。老師說好就好在有點歪，能沖茶的茶壺十多塊錢可以

買到一個，藝術品比茶壺的價值高十倍百倍。

　　同樣一頂帽子，端端正正的戴在頭上並無驚喜，把它歪歪的一戴，活潑俏皮的味道就出來了。我家小孫女拍照的時候懂得把頭歪歪的側向一邊，就特別"cute"了，沒有人教她，不知從那裏學來的。

　　從前粵語不標準的人想進入演藝圈比較難，如今變了，講歪歪的粵語，不論是來自大陸的歪還是來自國外的歪，都是一種特色，甚至是一種賣點。有些廣告故意找有口音的人來配音，就是想用這特色來吸引耳鼓。有時需要能講標準粵語的演員講歪歪的粵語，只有少數語言有天分的做得神似。

　　做人也一樣，我們對邪派、邪教、邪牌有意見，盡量敬而遠之。但對那些「四方木」、嚴肅兼「古肅」、「唧都唔笑」、德高望重之輩，何嘗不想敬而遠之？

　　我們寧願結交一些歪少少的朋友，談笑無禁，穿着出位，偶爾放縱，但絕不損人利己，違法犯紀，這樣的朋友才有趣。男朋友沒有百分之二十的浪子成分，戀愛寡如白水。

談走樣

嬰兒的小手小腳，百分之一百的完美，上帝的傑作。

四十年後，哪怕你多方保養，又是護膚，又是潤澤，

還要在指甲上添加許多花樣，請你自己看一看，尤其是那雙勞苦的腳，已變成什麼樣子？總括一句，便是大大的走樣。

不論男女，想外貌和身材不走樣，都是心勞日拙，徒耗精力的。男的那髮線向後，肚腩向前，眼袋鼓起，腮肉下垂總是無法挽救。女的那魚尾紋、火雞頸、麻雀斑、豬腩肉也是驅之不去。

拿五年、十年、十五年前的照片比對，那走樣的情況是如此顯然，最恰當的形容詞是「判若兩人」。

走樣的何止是外表，舊日活潑的你不見了，變成穩重凝滯；舊日浪漫的你不見了，變得現實保守；舊日豪情的你不見了，變得平凡庸俗……是現實，是歲月，是磨難，是挫折，是財富，是地位，改變了你，使你不復是往日的你。

認識一位書法家九十多歲了，大家都覺得他的作品走樣了。沒辦法，他的視力差了，手也不配合，寫幾個字便歪向一邊。一氣呵成的那股氣沒有了。

寫作人也一樣，創作力旺盛時，奇思妙想層出不窮，美詞麗句俯拾即是；但有人八十歲以後的作品便無足觀，看不夠兩頁已昏昏欲睡。

人拗不過生理的退化，走樣是不能不接受的現實。但願能保持的是一顆不變的初心。只要這顆心還在，他依然是可愛的，有生命力的。

店前小狗

離家不遠有一家小士多店，賣汽水零食之外，也賣蔬菜水果。這類小店多數是中國人開的，此店也不例外。店主周氏夫婦是二十年以上的老移民了。

店門外面經常躺着一隻長毛變種的獅子狗，毛很長，連眼睛也遮蓋了，毛色灰黃，大概是少洗澡的緣故。

這小狗（說牠是小狗是因為牠的體積，可能牠的年齡已不小了）總是沒情沒緒地躺在那裏，叫牠的名字，牠只是轉一轉眼珠，再沒有其他反應。

最喜歡狗的小兒去撫摸牠，逗引牠，牠依然神情落寞，沒有什麼反應。

今天我到小店去買點水果，見店前一隻小狗，毛色和大小都跟以前那隻相像，但身上的毛不長，只是額前留了一撮，尾巴又有另一撮，很趣致的樣子。

跟以前那隻小狗最不同的是牠神情活躍，歡迎進店的每一個顧客，搖頭擺尾十分親熱。

事頭婆證實牠正是本來那隻小狗，只不過花了四十塊錢幫牠理「髮」，想不到形象對一隻小狗也是如此重要，剪一個靚裝竟然使牠信心大增，判若兩狗。朋友，你識做啦！

放縱一點點

　　有兩種個性相反的人，一種自律性高，不需旁人監察，不該做的事不會去做，猶如古人的不欺暗室，也像廣東俗語所謂「擔屎唔偷食」（這句話我始終未明，擔屎有什麼可偷吃的？）。另一種全無自制力，明知不可以做的事，一樣不停的做。

　　前一種生活難免沉悶，後一種則日子過得一塌糊塗。

　　自律性高的人，在某個時刻，放縱那麼一點點，感覺會特別開心，成為生活中的亮點。

　　例如有糖尿病的朋友，平日嚴格戒糖。某次宴會上，大家盛讚核桃糊好吃，他也破戒試試，果然味道絕佳。這就是小小的放縱。

　　因為痛風不時發作，平日戒酒。這天是他的生日，無酒不歡，放縱一下，來它一小杯。

　　平日作息有時，晚上不超過十一時上牀。今天有朋自遠方來，大家多年不見，有說不完的話。放縱一下，促膝夜談，到凌晨才睡。

當日心儀的藝術家，暗戀了若干歲月，對方也感覺到，感情卻沒有機會發展，後來男婚女嫁，兒女成行。今日異地重逢，得知大家都已恢復單身。雖是久別初會，感情依然湧動。晚飯後趁月色散步，自然地把手伸進他的臂彎。雖不知前路如何，當時且小小放縱一下。

只因有平日嚴格的自律，才有小小放縱的歡娛。由小放縱變成全線崩潰，那就禍福難料了。

甘於寂寞

最近參加了幾個大型的社團活動，衣香鬢影，冠蓋雲集。台上熱鬧，台下擁擠。鎂光燈當然對着主角們、配角們閃，那些群眾演員就只有鼓掌和享受美食的機會。偏有幾位不甘寂寞的朋友，遊走於席間，或佩戴獎章，或印發資料，或回憶往事，目的只有一個，希望大家不要忘記他們。

我對他們尊敬有加，站起身來聆聽，送上讚揚和祝福。但希望他們早日享受被遺忘的自在和快樂，讓年青一代以新的作風、新的思維把事業繼承下去，並發揚光大。

做一個被遺忘者有什麼好處？就不會被編排與政界人士同席，話題難找，氣氛沉悶。還得因應不同黨派立場，說適當的話，那餐飯就會吃得拘謹。

就不會被點名要站起來向眾人打招呼，免得聽到有人小聲說：「這個老頭子是誰？」

就不會要上去致詞，說一些誰也不想聽，誰也記不住的廢話。

就不會操心籌款的成績，怕今年比不上去年。

就不會在拍賣項目進行時被點名要求出價，而你其實對那些東西全無興趣。

就不會頻頻有人走過來打招呼，很稔熟的樣子，你也覺他面善，就是記不起他的名字，只能虛與委蛇。

要一杯紅酒，揀好的菜吃，找席間美女，餐其秀色，做一個被遺忘的人，不亦樂乎！

將錯就錯

朋友告訴我一件事很有意思，我寫出來跟大家分享。

有一次他們一家走進一家食店吃東西，桌上有印好的食品單，只要在上面寫下你需要的分量，一件或兩件，夥計自會幫你落單。

他們照做之後，送上來的點心竟然沒有一樣是他們選擇的。弄清楚原來要把數字寫在那食品的前面，他們寫在後面，變成右邊另一列的食物了。

他們只得照吃，因為是自己的錯。結果他們發覺這些食物都很好吃，其中兩三樣是自己從來沒有吃過的，這次竟然嘗了新。

他說：別把這樣的「錯」當作錯，甚至享受這種「錯」，是生活得開心的妙訣之一。

他說：有時作好計劃往某處旅行，結果駕車走錯了路，到了一處不知名的地方。別懊悔，別急着去找你本來想去的目的地，就欣賞眼前的一切，說不定比你想到的地方更美、

更有趣味。這種隨緣的做法，使心情常保和平怡悅，很少會失望急躁。

　　他說：或許這也是一種修為，需要數十年的功力。對許多毋須執着認真的事不再執着認真，並不妨礙你對那些應該執着認真的事鍥而不捨。這樣的放鬆，增加了心靈的空間和自由度，不但自己活得舒暢自在，連身邊的人也能同享這種寬鬆的愉快。如果你是一位過分緊張的人，希望你因本文活得開心多些。

適當的位置

　　書畫家在完成作品之後，會在作品上蓋印。印章蓋在最適當的地方，起到多個作用，包括連接，平衡、填充等等。印章成為作品不可或缺的組成部分。

　　其實在日常生活中，我們處身的位置、物件擺放的位置，一樣有是否適合的講究。

　　同一間戲院，看電影和看大戲的最佳位置便不同。如果不設劃位，觀眾可自由選擇座位，不同視力的人有不同選擇。

　　搭飛機乘坐經濟客位，初次乘機者愛選窗邊位，方便看窗外風景；經常飛行者愛坐走廊位，便於進出。

　　乘搭巴士，年青人愛上層，有座位，方便看風景。長者怕上樓梯，寧願在下層。

　　到茶樓飲茶食飯，年紀大的人坐在裏面，可免被人碰撞。主人家或後輩揀一個上菜位（俗語「昭君位」，「出塞」諧「出菜」）以表謙讓。

一位新作家出書，讀者請她簽名。她寫上款時緊貼右上角，中間留了許多多餘的空白，這就小氣侷促了。

　　家有小孩，滾水熱湯不要放在有枱布的桌邊，怕小孩子拉扯桌布，滾水照頭淋。

　　我家貓兒冬夏在不同位置睡覺，求的是冬暖夏涼。

對花讚美

　　窗前那棵曇花的葉片上又出現了一個小小的花苞，應該在十天左右開放。

　　花苞大得很快，由下垂變成彎彎的上翹。它必須維持這樣的上翹才能開放，如果半途泄氣下垂，就會萎掉。

　　曇花總是在晚上九時左右開放，那天早上已可以看到花苞開始鬆開。起初幾年，我會作好準備，為它佈置好一個黑色天鵝絨的背景，在它開始開放時用相機記錄下整個過程。

　　這天晚上女兒回來吃飯，飯後她會坐一會兒聊聊天，然後回自己的家。她坐着坐着忽然說：「啊，曇花開了！」原來她聞到一股清香，記得是曇花的香，向窗前一望，發覺在大家沒注意時已經盛開了一朵。真的是天姿國色，清雅絕倫。它比我估計的時間早開了一天。於是女兒用手機幫它拍照，我也拿來相機，隨意拍了幾張。

　　女兒要回家休息了，妻也進房做她的雜務，我開始做

我的功課，寫了五百字，然後便到廳上看看曇花，仍神清氣爽地開着。我想到它在努力綻放之後，大約再過三個小時，便會神氣溢然，像靈魂離開了軀殼。我們似乎有點怠慢了它。趁它凋謝之前，我對它說：「謝謝你，你太美麗了！請接受我的鼓掌。」於是我在它身旁輕輕鼓掌約十下，希望它覺得不枉此行。

種一棵樹

台灣詩人林煥彰寫過一首詩，其中一節說：

我要種一棵樹；我沒有半寸土地，
我的樹，只能種在
我心裏。

在許多大城市裏，有機會種一棵樹的人的確不多。試問一問香港人或台北人：你種過樹沒有？一定是搖頭的多。很愛樹又想種樹的林詩人，也只能把樹種在心裏。

我是幸運的，我在新界大埔的村屋種過一棵血桐，貪它的樹冠像一把大傘，我可以在樹下乘涼、看書。當時要鑿開井旁的水泥才能種植，手上磨出血泡。可惜樹未長大我已離開。

移居外地後，我有一個幾千尺的園子，我種了好幾棵樹，能給我回報的是櫻花和黃金李。花樹宜種前園，與人分

享。我選正對全屋最大窗戶的位置，每年春天開花，望出去就是一幅大畫。那麼的燦爛，那麼的興高彩烈，帶來愉悅的心情。果樹宜種後園，免得掉落一地的果子，腐爛難看。但我家後園陽光不足，只得也種前園，它開白色的花，每年給我清甜果實逾千枚，遍贈親朋戚友、左鄰右里。

年事漸大，不斷有朋友建議「上樓」，捨獨立屋而住公寓式樓房，省卻許多工夫。我卻毫不心動。不捨的是陪伴我過十年的樹友。

愉快的事

寫信給人，最後的祝福語我喜歡用「祝你愉快」。

每天能有一兩件愉快事發生，是一種幸福。

溫哥華多雨少晴，起牀見藍天即感愉快。

門前見母親送孩子上學，孩子以跳躍步前行，可見學校生活愉快，我也愉快。

派報員一早已把報紙送到，可以享受精神食糧了。有半小時閱讀的愉快。

打開電腦，一個老朋友傳來畫展請柬。從來不知道她能畫，而且畫得這麼好。雖然畫展在香港舉行，不能參觀，在電腦上看她的畫也是夠愉快的。

兩間出版社的編輯同時通知：新書已落機印刷了。辛勤的合作告一段落，愉快！

愛貓同志傳了她愛貓的近照來，趣致非凡，愉快。

電話響，拿起來聽到兩把嬌嫩的聲音爭着叫爺爺，心甜、愉快！

聞老妻下廚時唱歌，是少年時代大家喜歡的歌，忽然想起那些青春歲月，愉快！

　　電腦響了一下，有新電郵到，是香港讀者逛書展，把我的新書在攤位前的情況拍攝了傳過來。位置相當醒目，愉快！

　　十年沒開過花的君子蘭突然開花數朵，後面還會繼續開。這幾朵挺好看的，忙為它拍照。愉快！

　　發覺自己生活態度積極，常保愉快心情，更覺愉快！

何時一聲 "Ah"！

　　老伴每天有兩個時刻，會發出滿足和表示享受的一聲 "Ah"！一是為自己沖一壺濃濃的香茶，斟一杯，坐下來，喝一口，那熱度，那香氣，那淡淡的苦澀，使她忍不住發出一聲 "Ah"！

　　一是忙了一天之後，來一個淋浴，鑽進溫暖的被窩，可以全身放鬆享受睡眠了。她會在枕上發出一聲 "Ah"！

　　這兩個愉快的感嘆詞其實都很容易獲得，但看你對生活的要求有多高，容易不容易滿足。我猜想某些億萬巨富，一天之內未必能這麼發出一聲 "Ah"！

　　我是個對生活享受無所求的人，就因為無所求，也就更難滿足。我不會特別為自己泡一壺茶或是沖一杯咖啡，也不會斟半杯紅酒晃蕩着呷一口，隨意的一杯開水或豆漿帶不出我的一聲 "Ah"！

　　我從來不用按摩浴池，也不會放半缸水讓自己浸泡其中，匆匆淋浴之後便抹乾身體穿衣服，這是例行公事，無關享受，怎會有感受呢？

記憶中只有在完成一本書的最後一頁，畫上一個句號，揉揉眼睛，伸一個大大的懶腰，才會愉快地長長的來一聲"Ah"！

我想人生最大的追求，應是告別這個世界時，感到無限的滿足，因為曾經嘗過百般滋味，愛過人也曾被人愛過，努力過也有了回報，該是離開和休息的時候了，微笑着發出一聲"Ah"！就此別過。

浪漫這回事

　　浪漫是個性問題，老實人就是浪漫不起來。女子嫁老實人有安全感，卻又嫌他不夠情趣。或許大陸所謂的「男閨蜜」就是這樣產生的。與老公的生活是柴米油鹽兒女債，與閨蜜是風花雪月心中情，搞出許多酸風醋雨、街談巷議。

　　浪漫亦會隨年齡改變，年青時一朵玫瑰已芳心大喜，婚後鑽戒就比較實際。那特別賢淑的會提醒老公，情人節別年年送玫瑰，因為那天特別貴。老公問她喜歡什麼？她說不如買個不須用手扭乾的「神奇地拖」。老妻對燭光晚餐沒興趣，因為燈光太暗，她寧願去那間抵食的茶餐廳吃龍蝦。

　　夫婦皆浪漫，會做出許多旁人覺得肉麻的事。只得一方浪漫，笑話難免，電郵上剛收到一則：

　　　　個性浪漫的老太太與朋友去喝咖啡，環境優雅，音樂悅耳，乃用手機傳短訊給家中老伴：
　　　　親愛的，很想你！你在做什麼？

如果你在小睡，請傳來你的夢；

如果你正開心，請傳來你的笑；

如果你在吃東西，請給我一口；

如果你在自斟自飲，請給我一杯；

如果你在哭，請傳來你的淚。

I love you！

老太太不久收到回郵：

親愛的，我現在廁所，等待你的指示。

往事

這是胡君難忘的一件往事：

上世紀八十年代，我繼父業在九龍城區開了一間小藥房。小藥房沒有藥劑師，不負責配方藥物，只售賣一些成藥和家庭用品。

某日，下着不大不小的雨，生意比較淡薄。我和一個伙計看鋪，伙計坐櫃，我整理貨架。這時冒雨來了一個婦人，衣着尚算整齊，她手拖一個，背負一個，分別是三歲、一歲左右。婦人要了四罐奶粉、兩包紙尿片，放進帶來的手拉購物袋。伙計在收銀機打出要港幣四百多元。婦人拿出錢包打開後，哎呀一聲說不好意思，她忘了帶錢。問可不可以先取貨明天來付款？伙計說不可以，沒有這樣的規矩。婦人說她住得不近，一來一去花不少時間，加上又下雨又帶着孩子，問可不可以通融一下？我打量了她一下，說好吧，只這一次，下回不可以了。婦人歡喜地謝了我們，匆匆帶着孩子和東西走了。

伙計說她不是熟客，第一次來就賒賬恐怕有問題。我說我也猜她不會再出現，下雨天帶兩個孩子來騙你幾百塊錢，也是情非得已，就當做了善事。

果然，第二天那婦人沒有出現。晚上我把這件事告訴父親，他一向嚴肅，難見笑臉，當時正對着一瓶啤酒自斟自飲。他聽我說完，拿來一隻杯子，倒了半杯啤酒給我，要我跟他碰杯，滿臉歡喜的說：「仔呀，我對你完全放心了！」

這位不相識的太太，謝謝你！是你使我父親如此歡喜。這是十倍的價錢買不到的。

雨中

　　炎熱的下午，年青的母親帶着小女兒在公園玩耍。她們都穿着背心短褲涼鞋。小女孩四歲左右，跳呀跑呀沒有片刻的安靜，汗水把她的頭髮都浸濕了。

　　母親帶她走進一座涼亭，在石凳上坐下，從大提包裏拿出毛巾幫她抹汗，又從水瓶裏倒了一杯水給她。

　　一大片黑雲遮蓋了太陽，天色暗下來，雨突然落下，顆粒很大。母親擔心出門時有一扇窗戶未關，從手提包裏找到那把可以收得很小的「縮骨遮」，準備回家。

　　一下子沒留意小姑娘突然走到雨中去了。她仰着頭，讓雨點打在她的頭上臉上，格格地笑着跳着。

　　「囡囡回來！」母親大聲喊，小女孩像聽不見一樣。

　　母親撐開了傘走進雨中，想拉她回來。小女孩越玩越瘋，笑着躲着。一陣大風吹來，把傘吹反了，雨點灑得母親一身都是，她索性把傘拋開，空手去追。與其說是追，不如說在玩「兵捉賊」遊戲。

這時忽然電光一閃，緊接着一聲驚天動地的霹靂。小女孩先是一呆，隨即飛身投進媽媽的懷抱，緊緊摟着她的脖子放聲大哭。媽媽也緊緊摟着她，卻笑得肩膊一聳一聳的。

　　暴雨很快過去，陽光下媽媽牽着女兒的手，兩人的頭髮都是濕漉漉的。一個嘴角笑意仍在，一個眼角掛着淚珠，回家去了。

口味變了？

阿華上星期在家吃晚飯時發脾氣，說有兩個菜的氣味難聞，他無法吃。他淘湯吃了一碗飯，之後自己泡了一個杯麵。

他覺得難吃的兩個菜，一個是爺爺常吃的西芹炒雞絲，爺爺說西芹很香，又降血壓。一個是嫲嫲愛吃的家鄉菜茼蒿拌豆乾，嫲嫲說簡單易做，送飯送粥都好。可是阿華對所有帶特殊氣味的菜都抗拒，除了芹菜、茼蒿，還有芫荽、枸杞。平常有一味他不愛吃的菜，他是不會發脾氣的，這次有兩味，再加另一碟苦瓜炒牛肉他也不太喜歡，就使起小性子來了。

奇怪的是阿華這次回校參加暑期活動，竟主動要求母親在午餐盒裏放西芹雞絲和涼拌茼蒿豆乾。

阿華回校後，大人們對他反常的行為議論紛紛，猜測阿華是不是突然成熟了？要嘗試自己本來抗拒的東西。

阿華回校做的暑期服務是幫學校圖書館點算藏書，整

理書架。他的拍檔是一個可愛的女生張愛潔。他們工作了一個上午之後，各人拿出自己的午餐盒來吃飯。阿華打開自己的午餐盒說：「上次你說喜歡吃帶香味的菜，尤其是茼蒿，剛好我嫲嫲最拿手做這味，所以特地做了請你吃，還有炒西芹，相信你也喜歡……」

兩人交換着午餐盒裏的菜一同吃，阿華覺得所有菜的滋味都不錯。

日日是好日

賣花女

在書店的廉價書攤上，五塊錢買了一本短篇故事集，書名是 *True Love*。

其中一則淡淡的很有意思：

幾年來我跟一個年輕女子買花，她是來自印度支那的難民。她的花跟她一樣，都是那麼鮮麗。我不知道她的名字，我們沒有共同的語言，對她來說，我只是一個普通的顧客。

對我來說，她是春天，她與那些水仙、紫鳶在一起。她是夏天，她跟玫瑰和葵花在一起。她是秋天，她跟大麗花和菊花在一起。當花事已了，冬天到了，她不再出現，我茫然若失。

當她把花給我，我付錢給她時，我會有意無意的碰碰她的手。我堅持不要她找錢，她便堅持要多給我一枝花。

我曾經要一次過買了她全部的花。可是她搖頭說「不」。我不知道她為什麼。或許，她像我一樣，她正愛着

某一個人，她要在那裏等他前來買花。

　　這故事一點不哀怨纏綿，一點不蕩氣迴腸，但那淡淡的甜香卻十分醉人。愛隨着花香浮動，克制、了解、包容，純淨如花上露水。

也是報應？

　　某君，中等身材，中等樣貌，中產階級，接近中年，尚未有妻。有同事一女士，也是中等之姿，與他同年，對他頗有意思。

　　女士向某君示好，能做的都已經做了。經常買早餐給他吃，一聽他咳嗽就送上咳糖，手織背心作生日禮物，約他看電影、聽音樂，在電郵上作種種傾慕的暗示，只差沒有正式說一句「我愛你」。

　　某君怎會不知道女士的心意，可是他的反應總是不大在乎。對女士為他做的一切，他會說多謝，但不特別感動，也沒多少回報。對她的約會偶然會答應，但大多以藉口推卻了。網上的示意他假癡假獃，從不作積極回應。

　　他卻不知不覺愛上另一個女子了，年青，會打扮，笑起來很甜，職級不高，時常做錯事，但大家都寵着她。她對個個都好，但沒有對哪個特別好特別差。某君卻不這樣看，因為他發覺她在他面前特別畏羞。或許她已經發覺這個男

人對她有野心。她跟其他同事可以打打鬧鬧，幾個人一起看戲唱 K，在他面前卻表現得多禮尊敬，這正是疏遠的最佳方式。他花了許多心思，製造與她接近的機會，但多數被她巧妙地化解了，使他自己也覺得自己可笑。想起自己對某女士的無情，他不禁罵自己一聲：「報應」！

多嘴 GiGi

認識兩位女士都叫 GiGi，而且同姓，為了分別她們，其中一個比較健談，乃稱之為「多嘴 GiGi」。

多嘴 GiGi 打電話來，我以為她已準備好大批資料，向我大傾銷了。誰知她說身在醫院，而且這次「大件事」。原來她做了超聲波掃描，初步懷疑她患了膽癌、肝癌、胰臟癌、骨癌。我知道只要患上其中一種，已經很凶險，何況有這麼多種！立刻問了醫院地址，房間號碼，第二天就買了花去看她。

多嘴 GiGi 還未進行任何治療，因此並無病容。她丈夫也在，樣子並不擔憂。GiGi 說話前已有腹稿，就像寫小說那樣有一個引子。

她說她在香港接受護士訓練時，有一次導師問大家：你們願意患什麼病症死亡，許多同學說心臟病，她卻揀癌症。理由是有時間安排後事。

她說她上個月抽獎抽到攝影優待券，拍了全家福，也

拍了個人照，其中一張漂亮得不像她，她心想：可用來做「車頭相」（遺照）了。

年頭一間墳場推出優惠骨灰位，她買了一排四個，當時她說先走的用排頭位。看來就用得着了。

GiGi 説時神色自若，我為之肅然了，看不出傻兮兮的她面對死亡能這麼泰然。

厭惡性工作

六大厭惡性工作，不是通坑渠、洗公廁……那是專業，在西方國家的待遇還都可以，我選出的六大厭惡性工作，卻是人人都有機會做，但沒有酬勞。

潑冷水

第一件是潑冷水。雪中送炭有人感恩，錦上添花討人好感，潑冷水只會令人討厭，辜負你一片好心。

老友正為愛情陶醉，情緒高漲，接近癡迷。你對他/她的戀人頗有認識，知道發展下去，一定沒有好結果。到時不只分手，還有其他損失。作為老友，不能見死不救，要潑其冷水，使之警醒。但結果如何呢？老友只會對你惡言相向，叫你別多管閒事。又怪你存有成見，或心懷妒忌，專搞破壞，從此對你疏遠。

老公越來越沉迷炒股，認為要賺快錢就得冒多少風險。

正行生意所賺雞碎咁多，做不做也罷。他認識一班股壇老手，都是發達之人。他又自覺有天分有眼光，最近買賣幾隻都有斬獲，越做心越紅，只恨本錢不夠，否則所賺更多。

於是他開始涉足孖展，又想把做了幾十年的生意頂讓出去。作為妻子，當然擔心，怕的是炒股猶如賭博，一旦碰上股災，後果不堪設想。於是鼓起勇氣向他潑冷水。結果呢？獲得的是一頓臭罵，說她是婦人之見，如果聽她的話永冇發達。更糟的是如果他蝕了錢，又怪她是烏鴉嘴，警告她以後不要再詛咒他。

潑冷水對自己並無好處，只會被人厭惡，只有君子和關心你的人肯做，請珍惜。

做磨心

夾在兩大勢力之間，被利用作互相攻擊、鬥爭的棋子，無力反抗，這就是「磨心」。

身為不和婆媳之間的男人，一方是母親，含辛茹苦養大你。如今她年紀大了，身體差了，但主見多，主觀強，媳婦所做的一切都看不慣。另一方是妻子，曾經追求者眾，獨具慧眼，下嫁於你。她讀書多，思想新，撫育兒女，悉依新法。認為老人家的意見不可全聽，否則便是愚孝。兩人不約而同，視你為裁判官，有意見只對你說，要你主持公道。可

是你的「公道」，實在無法滿足雙方，於是你聽了甲的，乙生氣；聽了乙的，甲反面。想兩面做好人，結果兩面都滿足不了。

身為失和父母的兒女，他們各執己見，準備離婚，各自拉兒女做同盟軍，希望得到他們的同情和支持。一位是父親，一位是母親，但各有道理，也各有不是之處，他們卻只看到對方的錯，看不到自己也有問題。他們不肯自我檢討，卻責怪你偏幫對方。如此可以糾纏多年。

你服務的公司兩高層鬥法，偏偏你是一位能人，公司一向很倚重你，兩人都待你不薄。好了，當兩人爭相委派你負責一項工作時，你答應誰呢？當需要投票決定某個建議時，你支持哪一方呢？

想不做磨心，作為僱員，你可以一咬牙選擇支持一方或索性辭職不幹，但作為丈夫和兒女，你也可以「辭職」嗎？

食死貓

貓不是常規性食物，一般人已經怕吃，何況是已經死去「不知多少時日，不知是何死因」的貓，被迫吃下之後，那種作悶、想嘔、委屈的心態可想而知了。

死貓之惡啃是不想吃卻又不得不吃，因為不吃的後果會更嚴重。

你的頂頭上司犯了錯，不想承擔，要找一個人替他揹黑鍋，看中了你，請你到他房間裏商量，他說一向看重你，也待你不薄。如今他有小麻煩，想你幫幫忙，就當那錯誤是你犯的。你暫時可能受到一點處分，但不必擔心，他會補償給你。過一段時期待事情過去，他還會提升你。本來他還可以找張三、李四，他們一定樂意去做，不過他覺得還是你最適合。

好了，一隻死貓端在你面前，吃，還是不吃？吃，名譽受損，成為笑柄；不吃，從此不獲重用，還有機會被炒魷。

粵語長篇故事，不排除在現實生活中發生。董事長的女兒被不負責任的浪子搞大了肚皮，浪子逃之夭夭。這位富家千金，行為放蕩，脾氣奇臭。董事長看重一位沉實青年，認為他有能力，可重用。於是暗示這位青年追求他的女兒，因為他十分欣賞他、看重他。

好了，死貓端在面前，不是一隻，而是兩隻。你吃不吃？

觀音兵

說真的，「觀音兵」這詞現在已不大流行，因為社會轉變，從前主要是男追女，如今女追男的比例日漸上升，出現了一個新品種，我名之為「羅漢兵」。

「觀音兵」多屬志願軍，工作辛苦，收穫難說，他們卻樂此不疲。所謂「厭惡性」，只是旁人（如阿濃）的感覺。

「觀音兵」在追求異性的條件方面不大充分，既無財，又無貌，由於自知或自卑，只能以殷勤搭夠。他們愛在脂粉堆裏打滾，不一定有特定追求對象。女孩子們也不把他們列入 waiting list，但由於他們「好使好用」，既是跟班，又是跑腿，因此並不討厭他們。

由於長期服務，有些女孩越來越放肆，可以不理他是否難堪，叫他幫自己買衛生巾。也不理會他的感受，託他幫自己的男友做事。他的確很受女孩子歡迎，他也有機會獲得耳鬢廝磨，香澤微聞的「艷福」，但亦只屬望梅而不止渴，畫餅而難充飢一類。

「觀音兵」的男性朋友不多，一因他沒興趣與一班「麻甩佬」來往，二則男人們也不值他的所為，認為他丟男人的臉。

「觀音兵」最大的悲哀是一直服務卻拿不到服務獎，忙到年過半百仍是孤家寡人。

至於新出現的「羅漢兵」，是把自己變身家務助理，到王老五們家裏煮飯洗燙做清潔，倒是有較多機會成為女主人。

做齊人

所謂「齊人之福」出自《孟子‧離婁下》，這個齊國人有一妻一妾，卻是個窮光蛋，每天到墓地乞討人家祭祀後的酒食，嘴唇油油的回家吹牛。後來給大小老婆識破，少不了捱一頓臭罵。這個故事並不見齊人享了什麼福去。

其實現代齊人有兩種，明的較少，暗的較多。不論明暗，都是苦差，而且越來越苦。

俗語說：「家家有本難唸的經。」不論貧富皆適用。我們只要唸一本，齊人卻要唸兩本甚至多本，多辛苦！

俗語說：「家和萬事興，家衰口不停。」人多口雜，即使大小老婆齊人有辦法擺平，下面的子孫，你猜是「兄弟如手足」還是「兄弟鬩牆」的機會多呢？看着自己的兒孫互相傾軋、骨肉相殘，那是什麼滋味？

富而做齊人，那財富就是家庭風波的引發劑；不富而做齊人，那是自討苦吃，短暫的風流換來長期的窘迫。

從前的齊人幾房妻子住在同一屋簷下，雖有爭風呷醋，仍不及現代齊人辛苦，要過兩個中秋節，兩個冬節，兩個春節……煩不煩！那暗中未曝光的齊人，更要不停講大話，欺騙老婆，擔驚受怕，備受良心責備，何苦！

辜鴻銘以一個茶壺幾個茶杯為一夫多妻辯，但當齊人年事漸長，壺水枯竭，雖鞠躬盡瘁亦未能滿足眾妻房時，就會慨嘆齊人這工作是多麼厭惡性了！

接班人

中國歷史上，接班人接不了班的悲劇不知凡幾。

一個人一旦被內定為接班人，他立即身處險境。因為有人妒忌他，有人惱怒他，而這些人都有一個共同的想法：「彼可取而代之也！」

要取代他，需要一個過程。最直接了當的是設法把他殺掉。也的確有接班人就此送了性命。

第二個方法是造他的謠，造了一個又一個，你造他又造，相信的人就會一天天多起來，並且越傳越像真的。

其中一個最具殺傷力的謠言是他做接班人做得不耐煩了，想早日繼承大統，甚至想造反，想謀殺當今領導了。當今領導雖然指定或同意了接班人，卻還不想放下權力，哪怕這個人是自己的弟弟、兒子還是親信。只要他有一口氣在，就不容任何人覬覦他的寶座。

做了接班人，自然就有一班人擁戴左右，為他出謀獻策，形成一股勢力。勢力日漸膨脹，就連當今領導也猜忌他了。接班人的末日也就到了。

比較聰明的接班人，就會韜光養晦，絲毫不露驕矜之色，不搶鏡頭不領功，不侈言將來會如何如何改革，在領導面前永遠畢恭畢敬，永遠不及主上聖明。這樣的日子可能過上十年、二十年。

既擔驚受怕又要扮感恩戴德的龜兒子，能不厭惡？

小小支援

　　許多街頭巷尾的小士多店，在超市以大壓小的經營策略下，漸次倒閉。超市的貨物齊全，流通快，不一定比小士多貴，去一間已可買齊想買的東西，貪方便的顧客早已忘記那些可憐的小店了。

　　可是也出現了一些有心人，他們不想社會存在商業霸權，希望小經營者也能生存下去。他們身體力行，不但個人，還連同家人，甚至組織朋友，盡量去光顧小商店。他們花時間去了解各個小商店出售的貨物品種，更把價錢跟超市比對，發現有抵買的就為它宣傳推銷。

　　他們還在細節上為小商店打算，譬如有些罐頭被碰凹了，裏面還是好好的。一般顧客就不肯買了，他們卻專揀碰凹的買，以減少小商店的損失。如果貨物有保鮮期，他們寧願揀所剩保鮮期短的，反正買回去立刻就吃了，把保鮮期較長的留給後來者。

　　碰上一些大生意，譬如學校郊外旅行野餐，會買不少

食物。如果有燒烤的話，還會買炭、買叉，可以預先告知小店添貨。也口耳相傳希望大家光顧小店。

這種做法可算「有心」，只要把小商店當做自家的生意，就會懂得去做。幫襯時可以跟老闆聊聊，提出一些改善經營的意見。還可以建議添加某種服務，增加什麼貨品，讓他們更好地服務街坊。

「沒女」之外有「沒男」

　　隨着三色台的宣傳，「沒女」一詞勢將流行，所謂「沒女」，是指沒身材、沒樣子、沒青春、沒學歷、沒錢、沒男人的女性。一看就知道是沒品味的人對女性的評價，稱人「沒女」者，自己也不見得「有」到哪裏去。

　　我倒想談談我眼中的「沒男」，他們的特質是：

　　「沒品味」，一身俗氣，流行什麼就把什麼搬上身。以為貴價就代表品味。言語粗鄙，動作猥瑣。

　　「沒見識」，自以為有料，其實是井底之蛙。拾人牙慧，誇誇其談，講多錯多，不停自暴其短。

　　「沒擔當」，畏首畏尾，遇事卸責。有福同享，有禍溜之大吉。

　　「沒情趣」，不解風情，言語無味，沒有什麼愛好，全無幽默感。

　　「沒大志」，滿足當前生活，有樓、有車、有老婆，別無所求。

「沒品格」，損人利己，見利忘義。自居小人不感羞愧，視君子所為乃「戇居」。

「沒良心」，對父母不感恩，對妻子不忠心，對兒女不盡責，對社會只取不予。

「沒主張」，事事猶豫不決，說話模稜兩可，問他意見，支吾以對，是非不分，黑白不辨。

男人只要中其一，已經不是理想朋友，更不要說終生伴侶了。

男女同房問題

　　有單身朋友（女性）準備招待異地一位男性朋友坐郵輪。問題來了：如一人一房，費用會貴不少，如兩人同房，卻又不是情侶關係，是否適合呢？這位準備做東道主的女士做「民意調查」，徵詢大家意見。想不到獲得了一些不同的意見。

　　一位女士說：決定在你們自己，如雙方都認為沒有問題就沒有問題，只要一方覺得有問題就有問題。

　　一位男士說：一般來說女士比較介意，既然你不介意，相信對方不會反對。

　　一位女士插嘴說：但這位男士是有老婆的，有沒有考慮他太太的想法？

　　一位男士說：這位男士已七十多歲了，老婆應該不會吃醋了吧？

　　一位女士說：吃醋無分年齡。

　　一位男士說：這樣的安排，男士不方便開口，作為女

　　　　　　　　　　　　　　　　日日是好日

主人，你好意思開口嗎？而且你做東，你就不能為省錢而使對方尷尬。

一位單身男士說：我不介意，先決條件是對方必須是美女，免被熟人看見影響我名譽。（大家聽了紛紛譴責）

一位美女說：為省一千幾百，不惜與異性同房，會不會 "cheap" 了一點？

親愛的讀者，你的看法又如何？

婚前婚後的數學

　　戀愛成熟，準備結婚，心情興奮。最好有一個心理準備，結婚之後，是要面對若干數學題的。

　　首先是減法，婚前你會欣賞對方許多優點，婚後你要減掉四分之一至一半不等。別埋怨貨不對辦，對方不是有心騙你的。婚前是示範單位，婚後是房子原貌。我們見慣加拿大戚牌賣屋之前，總會裝修油漆一番，臨時種幾叢花，掛幾幅畫。此乃情有可原的 upgrade，只要跌幅不太大也就算了。

　　其次是乘法，婚前已知對方有某些缺點，覺得可以接受，金無足赤，人無完人嘛！但婚後會發覺對方的缺點起碼要乘二，你的忍受也要乘二才承受得起。婚前搽了遮瑕膏才見你，婚後總有洗淨鉛華的時候。但願早上睡醒時你還認得枕邊人。而臭脾氣爆發的機會也要乘以百分之二百。

　　其三是折舊率，新車剛落地折舊率最高，新人亦如此。未結婚如珠如寶，結了婚是洗衣機、電飯煲。

其四是婆媳關係，婚前未來婆婆說當你是女兒，婚後婆媳關係的展望是負面，想「減持」，只能分開居住，而且搬得越遠越好。

投資要計算風險，結婚是人生最大投資，而且所有雞蛋放在一隻籃子裏。問題是對方條件越好風險越高，但又窮又醜並不代表不作怪。結婚這項投資如賭場買大小，成功失敗的成數大致是百分之五十對百分之五十。

牽着你的手

聽童麗唱《煙花三月》，第一句便是「牽着你的手」，引起許多回憶和思緒。

已記不起幼時拖媽媽手的感覺，倒是她年紀大了，我攬着她的手臂過馬路，她眼見車輛穿梭來去，行人匆忙，什麼時候該舉步有點信心不足。只能完全信賴我，急匆匆的跟蹌地過去。她瘦瘦的手臂在我掌握之中，使我感覺到她的衰弱。

孫女兒牽着我的手同行是最近的事，很小的手與我的大手相握，但不是我帶她，而是她帶我，她想去哪裏，我只能跟着。

當然最難忘是第一次牽着某個女朋友的手，此生也不止一次，每次都有幸福的感覺。從相識到可以牽手是一個頗艱辛的過程，因為我和我的女朋友們都不是隨便的人，牽手是相愛的一次肯定，從此那關係就非同一般了。

牽手從願望到成為事實可能需要一段時日，在估計牽

她的手不會被拒絕之後，還得等待，等待她的情緒，等待一個場合，等待一個時刻，等待一個機會，天時地利人和都配合了，自然地相握了，沒有嚇她一跳，因為她早有預感。

　　你們深情地互相注視，手越握越緊，你是我的，我也是你的。人生幸福的處境開始了。

五十年後紋身老太

　　一則電郵説五十年後將出現大批紋身老太太。這不是預言，是可以預見的事實。因為現在有很多年青女性貪時髦紋了身，五十年後她們紋身未褪，卻成為了老太太。現在的老太太紋身的不多，因為在她們年青時，女性紋身並不流行。

　　我更想知道，現在的「宅男」在五十年後是什麼光景？看來他們獨身的機會很大，由於人際關係欠佳，事業上不會太成功。住在獨身公寓，做一份沉悶的工作，生活刻板，朋友少，親戚少來往。隨着年紀增長，越來越多怪癖。

　　我也想知道，現在的「剩女」，五十年後又如何？由於她們取態較男性積極，不少是結了婚的。但與異族通婚，做人後妻後母的比例上較多。她們人生經驗豐富，思想成熟，處理家庭危機有更多的包容和智慧，所以婚姻生活美滿的不少。

　　現在的「啃老族」到時又如何？他們的父母均已亡故，

輪到他們自己做老人家了。父母的產業已經全落在他們手中，到他們要提防兒孫啃得他們屍骨無存了。

　　五十年後還有沒有現在這種報紙是一個疑問，網上閱報已屬平常事。連書店和圖書館形式都大大改變。那時人人都可以自己出電子書，並自稱作家。當人人都是作家時，作家這一行也就不存在了。

為什麼你記得他？

　　我們一生中會遇見許許多多的人，有一面之緣的，有長相廝守的，有劫後重逢的，有失之交臂的。其中有些人，不一定有密切的交往，卻因為一件事、一個場景，你把他記住了。

　　那年香港新界的荃灣水災，當局借用我服務的學校為災民登記。我與一位女同事協助工作。一個中年男子來登記，說共有五個兒女，以世界五大國為名：振中、振英、振美、振法、振蘇。其中四個兒女還在，只有最大的兒子振中去世了。說着說着用袖子抹淚。女同事見他哭，竟忍不住也淚盈於睫。此後數十年，一想起這間學校，就想起這一幕，記得這位女同事的淚眼。

　　一位新婚不久的男同事患了癌症，發現時已是末期，經過艱苦的治療，折磨得不似人形。他跟我很談得來，不止一次寫詩贈我。終於有一天接到另一位同事的電話，說他已進入彌留狀態。我趕到他牀邊，他雙目緊閉，呼吸困難。同

事在他耳邊說：某某來看你了！某某來看你了！他厭煩地一揮手，意思是叫大家不要再煩擾他，幾分鐘後，他就停止了呼吸。他那一揮手和不耐煩的表情我至今記得。使我想到人到極端困苦時，離開是一個解脫。即使他有一個美麗的新婚妻子。

聲音的講究

聲音的可辨認性不下於容貌，雖然看不見，卻由於它的「因人而異」，讓我們聽出這把聲音是誰的。

因為曾在電台有節目，經常在街上被人認出我的聲音。我自己聽自己的聲音並不大喜歡，但相信是獨一無二的。

聲音也講緣分，我們會喜歡一些人的聲音，又會討厭另一些人的聲音，其中不一定有道理。就像食物一樣，口之於味，有同嗜焉。聲音之受大眾歡迎也有共同的特點，包括清亮、醇厚、溫柔、甜美、磁性……相反的是嘶啞、緊張、粗暴、板滯……

聲音傳遞的內容也會影響對聲音的觀感，不論多好聽的聲音，如果一味宣揚歪理，謾罵他人，你就會一聽到就討厭。因此不論聲音質素好壞，說善言就會令人覺得好聽。

聲音會隨年齡改變，童聲跟老年人的聲音有很大差別。不過中間那一段差別較少。我二十出頭去女友家，鄰房的未來外父聽到我的聲音，說這個男人年紀不小了。而近年

有少見面的朋友打電話來，以為接電話的是我的兒子，因為感覺聲音很年青。

自覺對聲音有很好的記憶力，一位二十多年沒來往的朋友打電話來，他才講了一句，我已叫出他的名字。有人在電話留言上只「喂」了一聲，我已聽出是誰。

對一個人的遺忘是從哪裏開始的呢？初戀情人三年後重逢，那容貌可能已判若兩人，「縱使相逢應不識」，但只要一開口，前塵往事又會重上心頭吧。

共存篇

不論你對牠們有多討厭，千百年來人類仍得與之共存，但你對牠們又有多少了解，有多少同情？

螞蟻

許多昆蟲學家對螞蟻做了極詳盡的研究，但一般人——如我，對牠們所知甚少。

我不知道牠們怎樣傳達信息，當發現食物時，如何通知其他夥伴？有沒有告訴牠們需要出動多大的搬運隊伍？牠是怎樣作出估計的？牠又憑什麼記得那件待運物體的位置？

有時我大力把牠們從我的書桌上吹走，吹得無影無蹤，牠們會認得路回家嗎？

有時我用手指把牠們捺着，想把牠們撥下地去，卻因為用力太大，使牠們一命嗚呼。牠們的死亡和失蹤，在蟻穴裏會不會一無所知？牠們是不是既沒有名字，也沒有編號，多一個少一個也沒有誰知道？

牠們身軀微小，我們可以看到牠們的全貌。對牠們來說，我們身軀龐大，牠們能不能看到我們的全貌？我們在牠們眼中，該是一種怎樣的怪物？那麼的巨大，又那麼的具危險性和殺傷力！

「螻蟻尚且貪生」，牠們除了求生的本能之外，也有思想嗎？也有感情嗎？

蟑螂

蟑螂是最懂得保護自己的昆蟲。

如果不用蟲藥，我們要打殺一隻蟑螂，絕非易事。

牠善跑，我們捲起報紙來拍牠，大多是拍個空，牠總是在間不容髮的空隙中逃脫，然後鑽進某一條牆壁或家具的狹縫中，使你徒喚奈何。

牠會飛，雖然飛不高，也飛不快，但在需要時凌空振翅，一逃十來尺，已足夠使牠的敵人疲於奔命。

牠會游水，雖然游得不好，但浮在水面撐手撐腳，可以達一小時也不下沉，一有機會又逃出生天。

牠會嚇人，有時以迎面飛撲代替逃跑，可以把小姐們嚇得花容失色，尖聲高叫。

牠捱得餓，又什麼都吃，再惡劣的環境也能支撐下去。

牠的卵用很硬的材料包着，藏在極安全的地方，不易被其他動物破壞。

科學家沒說錯，在人類滅絕後，可能是蟑螂的世界。

壁虎

壁虎是人類對之誤會頗深的小動物。

其實牠是益蟲，幫我們捕食蚊蚋、蒼蠅，靜靜地躲在暗角，不會損壞我們的物件，也不會造成污染。

偏偏人們望而生畏，膽小的見了尖聲呼叫，膽大的除下拖鞋來窮追猛打。

又說牠的尾巴能凌空飛躍，鑽進人的耳朵，其實只是弱者金蟬脫殼的玩意，只能作離地一兩寸的跳動，對人全無威脅。

或許牠的家族很多，包括體積巨大的恐龍，在怪獸片集中令人十分害怕。連帶人們對此寄居家庭中的小東西，也心存戒懼了。

壁虎卵生，偶然會在一些隱蔽的角落，發現黃豆一般大的小蛋，到時候可以孵出小壁虎來。

夜靜時分，常可聽到壁虎的笑聲。深夜寫稿未眠，雪櫃後面發出嘻嘻嘻嘻的乾笑，雖然明知是牠們，也會使你毛骨聳然。

燈下看牠們閃電式的獵捕，頭一伸，蚊蚋已被吞食，會慶幸恐龍已在地球上絕跡。

日日是好日

蚊子

蚊子被上帝安排要以人血為食糧，對這種小蟲子來說，實在是一個極大的考驗。因為人類是所有生物中最危險的一種。

上帝更故意難為蚊子，要牠在吸食人血之前，發出嚶嚶的聲音，等於是向牠的敵人示警，增加了「搵食」的難度。

有一個遊戲是瞎子捉跛子，一人蒙着眼扮瞎子，另一人把一隻手和一隻腳綁在一起扮跛子。那跛子要不停地吹哨子，讓瞎子知道他的所在。

蚊子扮演的便是不停吹哨子的角色，而追捕牠的卻是明眼人，幸而牠也比跛子多了一對翅膀（另有一對退化了）。

蚊子在蚊帳、紗窗、蚊香、殺蟲水的防禦和追殺下，仍然搵到食，也沒有死絕，這跟牠們的生存智慧有關。

譬如牠們喜歡停歇在深顏色的家具和布料上，使你不容易發現牠們。譬如你要拍打牠，往往會拍個空，這種逃生的技巧是一種代代相傳的本能。一人鬥一蚊，被玩死的常常是人。

蒼蠅

被安派擔任蒼蠅這樣的角色，實在是造物主的惡作劇。

牠生來對氣味敏感，既逐臭，也戀香。因此茅廁裏有牠，麵包店裏也有牠。就因為這樣，牠會把茅廁裏沾染的污物病菌，帶到食物上面，同時把病菌帶給人類。

　　說到牠的出身，真是比黑七類還要黑，不是來自糞便，便是藏身腐肉，看到也使人反胃。

　　人們一見到牠，二話不說，不是驅趕，便是痛擊，被打得肚破腸流，也沒有人同情可憐。

　　不過牠起碼有一樣特長，值得所有推銷員學習，便是不怕面懵的鍥而不捨的精神。任你如何以討厭的神情手勢驅牠、趕牠，牠仍是去而復來。

　　可憐牠是最怕冷的種族之一，只要氣溫降低，牠便呆頭呆腦，行動緩慢，猶如身患重病。即使人類不是「趁佢病，攞佢命」，牠們也會在低溫下紛紛嗚呼哀哉。

師者，
所以傳道、授業、
解惑者也

——韓愈

傳道——真理的傳承

授業——知識的傳承

解惑——智慧的傳承

老師的任務

　　一千二百多年前，唐朝的學者韓愈寫過一篇《師說》，把我們為什麼要從事老師和當老師的任務說得很清楚。他說：「師者，所以傳道、受（授）業、解惑也。」

　　傳道，是真理的傳承。授業，是知識的傳承。解惑，是智慧的傳承。我們能擔起這責任嗎？

　　在一般人心目中，老師的主要任務是傳授知識，這的確重要，知識就是力量，知識可改變命運，知識可以把人從貧窮和愚昧中解放出來。傳授知識要求教師本身有豐富的學養和熟練的技巧，這就需要不停地學習。

　　真理的傳承不是哲學家和神職人員的專利。但傳揚真理最要小心，因為世間許多所謂真理是偏見的孿生兒。我認為世間沒有唯一的真理，也沒有放諸四海而皆準的教條。歧路亡羊，真理難尋，古人早有感嘆。將前人追尋真理的足跡和他們的成果告知學生，鼓勵他們敢於存疑，開放思路，繼續追尋，是教師應該做和能夠做的事。

智慧的傳承最難，因為有沒有智慧是先天的因素。最近一位香港朋友來加拿大探望我，她問我五歲半的女兒：你覺得多少歲最快樂？她回答：我覺得幾多歲都快樂。這是多麼有智慧的回答。人生最大的悲傷是生命的無常，東晉大司馬桓溫北征，路經金城，見到自己年輕時所種的柳樹皆已十圍，感嘆說：「樹猶如此，人何以堪！」一代之雄曹操的《短歌行》說：「對酒當歌，人生幾何？譬如朝露，去日苦多。」但智者莊周在妻子死後卻能鼓盆而歌，他看透生死，認為人的生死就像春夏秋冬四季的循環，是自然的規律，無須悲傷。

我認為人生最大的智慧就是活得快樂，能把快樂之道傳承給學生，定是一位傑出教師。

韓愈在千多年前為老師定下的三大事功，希望在座各位在獲得一紙教育文憑之後，有決心，有能力，快快樂樂地負起這個光榮的責任。（在香港中文大學教育學院授憑禮上的演講辭）

異鄉塾師

上世紀五十年代初，我在元朗大棠村一間村校教過兩年。小學二年級的一個女生只比我小三歲。孩子們有講「本地」話的，也有講「客家」話的。下雨天他們穿木屐回校。複式上課：一邊是二年級國語，另一邊是四年級算術，年底清魚塘那天，孩子們都去撈魚了，停課一天⋯⋯這些都是鄉校的特色。

在鄉校任教，有些義務工作是不可免的，包括替村民讀信、寫回信，為祠堂寫春聯，幫校監或村長寫喜帖⋯⋯鄉人對老師十分尊重，有喜慶事吃盆菜，村人踎地圍盆而食，老師和村長、長老們有桌子。我第一次吃盆菜，腹瀉三天。

二十年前我移居温哥華，在當地的中文報章寫專欄，為《華僑之聲》中文電台做節目，其中一個節目叫《中文學堂》。加上年齡的增長，漸漸被人尊稱為老師。雖是西方社會，但唐人族群猶存古風，唐人街多的是「會館」、「公

所」、「同鄉會」、「國術社」等組織，對中國傳統節日的重視尤勝香港。中醫中藥的普及出乎意料，中國武術和粵劇的興盛歷久不衰，寫舊詩的人比寫新詩的還多。由於我對中國古典的東西還有點底子，不知不覺成了眾人心目中的「雲埠塾師」（溫哥華又譯雲哥華）。

經常有人打電話來問「做人情」怎樣寫。老朋友的兒子結婚，寫「新翁之喜」，好像忽略了新家姑。他的大兒已經娶了媳婦，這次是二兒，是不是要寫「疊翁之喜」？這次是第三個兒子結婚，要不要寫「疊疊翁」？或者根本不清楚他第幾次做家翁，又怎樣寫？賀同輩結婚，是新郎「乘龍」還是新娘「乘龍」？「七秩晉一」是六十一歲還是七十一歲？生兒是弄璋，生女是弄瓦，龍鳳胎又該怎樣寫？

也有做帛金的，完全不知道信封上該怎麼寫。送花圈是不是只有男的稱「千古」，女的要稱「仙遊」？稱謂是大學問，做禮給表舅父，自己叫自己什麼呢？

徵聯比賽請我做評判的也不少，參加的人倒是很多。既是傳統的玩意，便須守傳統的規則。規則之一是上聯最後一字應是仄聲，下聯最後一字應是平聲（只有極少數例外，如把仄聲「福」字放在下聯末，表示有後福）。一見不合這基本要求便歸入落選類。說來你不信，這樣一來便可篩掉一半，節省了評選時間。

替孩子取名是大事，因為要一生使用。一知道妻子或

媳婦有喜，就請我為孩子取名。我的原則第一是不可鬧笑話，名字要跟姓連讀，就不會出現簡靜美、林美香、廖直標、徐定富這類被人笑話的名字。原則第二是意思好，或志向高超，或品行美善，或健康幸福。原則第三是字面美觀，中間的字筆畫較少，簽名會較好看。原則第四是讀起來響亮好聽。吾友嚴吳嬋霞女士，前香港兒童文藝協會會長，四個字都是下平聲，讀和聽都有困難。原則第五是不用僻字，既怕人家不會讀，也怕打字打不出。約莫數一數，由我取名的孩子已有二十至三十個，其中一些父母每逢慶祝孩子生日，拍了照片會傳給我，看着他們一年一年長大，是很開心的事。

　　身處西方社會，擔任的卻是古老東方塾師的工作，自覺角色奇妙。禮失而求諸野，我成為身處「野」地的華人禮數的傳播者，那感覺是頗欣然的。

今天我對學生說

我做了近四十年老師，對學生說過無數的話，其中有部分關乎如何做人，如何生活，我覺得比學習知識更為重要。我把他們總結為五點，希望每一個年輕人都能領悟和實踐。

學會欣賞

今天我對學生說：你們要學會欣賞別人。

每個人都有缺點、有優點，我們要先看到人家的優點。

他很驕傲，可是他做事盡責，對自己要求很高，能力也強，表現比許多人好，他的驕傲便變得可以理解了。

他很多言，可是他胸無城府，心直口快，絕不存害人之心，他的多言便變得可以原諒了。

父母整天囉嗦，可是他們的出發點是為你好，是關心你。你不一定要全盤接受，至少要感謝他們那一片心。

老師似乎過分嚴厲，但同學們因此不敢頑皮懈怠，上課的秩序好了，大家的學業都有進步，他的嚴厲似乎可以接受了。

他長得不漂亮，但性格謙和、生活樸素，勇於助人，他的樣子似乎由不討厭而漸漸變為順眼了。

懂得欣賞別人的，其神情、氣度自然變得可愛，因此也必被人欣賞。

學會拒絕

今天我對學生說：你們要學會拒絕。

朋友吸煙，遞一枝給你。你要說：「謝謝，我不吸煙！」

朋友約你去玩，你第二天要測驗，你要說：「對不起，今天晚上我要讀書。」

有人在超級市場偷了一些好吃的東西出來，免費招待你，你要說：「謝謝，我不吃，希望你們以後不要再做。」

到你們大了，你們會受到更大的引誘：金錢的引誘，名氣的引誘，地位的引誘，色情的引誘……你們都要學會說 NO！

有人說：「每個人都有一個價錢，十萬元買不到你，一百萬又如何？一百萬買不到你，一千萬又如何？」聽起來很悲觀，似乎說這世上沒有買不到的靈魂，總有一個價錢，使他出賣自己。

我不同意這個說法，只要相信自己的良心是無價之寶，只要對物質的慾望淡泊，那些阿堵物、身外物對自己又有什麼吸引力？「一個人食得幾多、看得幾多？」大眾的智慧之言！

學會感激

今天我對學生說：你們要學會感激。

父母的悉心照料，無比關心，深恩永世難報，我們要感激。不要把一切視作理所當然，不要怪他們嚕囌、管束，不要把他們當做權威的代表，一心要打倒他們。

老師的盡心教導，苦口婆心，深情畢生難忘，我們要感激。不要怪他們嚴厲、緊張，他們是為了培養你成材而竭盡心血。

我們對一切為我們服務的人，要有感激的心。巴士司機整天困在那狹小的空間，行走在繁忙擠塞的街道上，連聖誕新年也不休息。郵差揹着那麼重的郵袋，好天下雨，炎暑寒冬，都要派信。清道夫不怕髒，不嫌臭，為我們保持市容整潔。消防員冒着生命的危險，拯救居民的生命財產。不要說：「他們是有薪金的，這是他們的職責。」

盡忠職守，服務態度良好，不是人人做得到，多少人尸位素餐，白拿優厚薪俸！對一切工作辛勞的人，我們都該感激。

學會思考

今天我對學生說：你們要學會思考。

不論是誰說的話，包括我今天說的這番話，你都不要照單全收。你要一面聽一面想：他說得對嗎？

不要感情用事，因此對於我們最崇敬、最愛戴、最親密的人所說的，也不要認為句句是真理，必須有自己的判斷。因此對於我們最憎惡的人所說的，也不要盲目地反對，同樣得想一想：他說的是不是全無道理？

因此我們不能偏聽，不可盡信一面之辭。我們要聽順耳的話，也要聽逆耳的話，並且同樣尊重。

因此我們要廣泛地閱讀，擴闊我們的視野和知識面，不要那麼早就成為某一個問題的專家，而在其他方面卻是白痴。

因此我們要學習思考的方法，幫我們去分析、去判斷。

而最重要的是保存和培養我們的良知，讓它成為我們言行的最高判官，不論是什麼花言巧語，有違良知的事，我們都要堅決地拒絕。

學會快樂

今天我對學生說：你們要學會快樂。

快樂來自滿足，晴天你說：「多好的太陽！」雨天你說：「多美的雨絲！」

你滿意你有一個心地善良的父親，雖然他沒有本領賺大錢；你滿意你有一個樸素勤勞的母親，雖然她有時脾氣大了一點。

　　你滿意自己的樣貌，眼睛小了一點，但是嘴唇的線條不錯；鼻樑不夠高，但是耳朵夠貼服，還有一頭烏潤的青絲。

　　你滿意自己的能力，你不會畫畫，但唱歌聲線優美；你運動差勁，但有演戲天分。這世界沒有萬能泰斗，有一技之長已足欣喜。

　　快樂來自服務，早有人說過：「助人為快樂之本。」

　　尤其是幫助孤單無告者，老弱傷殘者，滿足感最大，因為你的幫助，他們最為需要。

　　服務也不一定是義務勞動，有薪的工作一樣是為社會服務，但要有敬業樂業的精神，工作做得盡責便值得尊敬，工作有成績便會有一種滿足和因此而來的快樂。

我的燃燒

到一間中學去演講，我的講題是「我的溫馨」。選擇這個題目，陳 XX 的自殺是原因之一，因為我同意馮浪波先生的說法，她是冷死的。

雖然全香港如今都已經知道她的名字，但既然她是因全名被報道出來，感到無顏而死，我不問她是否泉下有知，也不讓她的名字出現在我的文字之中，或許這也算是我的溫情吧。

我早就要做一堵向南的牆，在寒冷的天氣裏，又擋風，又有陽光，讓張大嬸、李大爺和流鼻涕的小三子都跑來暖和暖和。

可是一堵牆的腳下能容納得幾個人？我希望有一堵又一堵這樣的牆出現，連成一道向南的萬里長城。

陳耀南先生在哀悼某女生（他更隱去她的全名）的文章中慨嘆說：想幫助她的人不在她身邊，在她身邊的人卻又不能幫助她（大意如此）。如果多幾堵這樣可以依靠、可以

取暖的牆，或者可以少幾宗這樣的悲劇發生吧。

我曾經為一位熱心助人的女孩子題紀念冊，寫的是：

「當我們想給別人更多的溫暖時，自己會燃燒得更亮。」

我這樣寫為的是鼓勵，當我們努力使這個人間不再那麼寒冷時，我們也不是毫無所得，白費氣力，我們的生命會燃燒得旺盛、美麗，比那只冒煙、不見火的生命要有意思得多了。

我不擔心我的猛烈燃燒，會使我早日化成一堆灰燼。因為不斷有人向我燃燒着的生命加柴添煤，認識的和不認識的朋友不斷給我鼓勵和支持，使我不覺匱乏，有信心再燒他三數十年。何況我不時見到燒得比我更熱更亮的人，和剛剛點燃的新火，我相信這世界會越來越暖。

以大愛做小事

德蘭修女說：「我們無力在世間幹大事，但我們可以憑大愛做小事。」

說得真好，絕大多數的人，包括你和我，都無力幹大事。極少數人幹了大事，卻不一定是好事。他們幹的事越大，世間災難越多。

做不成大事的你我，卻可以做小事。做得從容，做得輕鬆。可以天天做，常常做。支持我們做的是愛心，愛子女、愛父母、愛配偶、愛兄弟、愛朋友、愛鄰居、愛鄉親、愛國民、愛人類、愛眾生……

不論我們年紀大小，塊頭大小，財富多少，地位低或高，我們心中都可以有愛，而且無人能限制他們的大小，也無人可以評價他們的大小。窮人十塊錢的捐獻，愛心不低於富人的十萬。

富人少，普通人多，無數普通人做的無數小事，加起來就不小。

你或許會問：「大愛」怎樣來？大愛來自同情，同情一切不幸的人或物，願意提供幫助。大愛來自憐憫，憐憫因無知而犯錯的人，憐憫上天賦予他們某種「惡」的生物。大愛來自無私，大愛不能與私心並存。大愛來自能捨，自己心愛的亦能與人分享。我們無須與人比較捐獻或出力之多少，卻可以確定自己的愛心不輸於別人。

年青人，讓我欣賞你

青年朋友，謝謝你們來探訪我，一場三小時的交談，我欣賞你們之中的兩三位。不到一半，可能使你們失望。可是欣賞與否，我是有根據的。

這幾位在三小時內沒有瞄一眼他們的 iphone，他們根本沒有把手機拿出來，看來他們在進門之前已經關了機，就像參加音樂會、演講會一樣。不像另外幾位，一直心不在焉，收短訊又發短訊，人在心不在，不尊重被訪者，也沒有禮貌。

這幾位在三小時內沒有打過呵欠，說明他們晚上睡眠充足，沒有上網打機到大半夜。他們善用時間，又懂得專心聆聽。

這幾位懂得幫着倒茶斟水，臨走前還幫着收拾地方。

這幾位事先做了準備工夫，提出的問題是與我有關的，或為我所長的。這就使我樂意回答，他們也因而得益。

從這幾位的發言中，我知道他們經常看書，而且是值得看的書。

我又聽出他們關心社會和世界，對許多事情都有自己的看法，不是人云亦云，拿報紙上某些意見領袖的意見當做自己的意見，不知不覺做了應聲蟲。他們的意見客觀、理性，不偏激，不誇誇其談，說明他們的成熟、穩重和謙虛。

對下一代悲觀還是樂觀

朋友傳來一段母子對話，據說是在香港一間餐廳聽到鄰枱對談的實錄，我相信是真的：

母：好心你搵份嘢做啦！

子：D同學做餐死都係得一萬蚊，你做啦！

母：我做咁多年都係得一萬蚊喎。

子：咪係囉！文盲又一萬，我哋大學生又一萬，你做埋我嗰份！

母：咁我死咗你等住餓死！

子：A，你死咗我就發達囉！層樓自然歸我，重有幾十萬人壽保。

母：睇你幾十萬用得幾耐！

子：唉，我會申請公屋，到時賣咗層樓咪有幾百萬囉！你成世搵埋唔用，咪又係得幾百萬，我唔使做都有幾百萬！

母：你有用㗎你！

子：我係大學生來㗎，食腦嘛！冇用？依家呢個年
　　代個個同學都係咁諗㗎啦！我都費事同你講，
　　有代溝！

朋友聽了這番對話氣憤莫名，稱這種人為「廢青」。除
「廢青」外還有「憤青」、「宅男」、「啃老族」，加上患「公
主病」的大批女性青少年，我們的下一代似乎都已被我們寵
壞，無理想、無擔當、無毅力也無能力，甘做家庭的寄生蟲
而毫無愧意。實在使人悲觀。

不過我想，有志氣、肯爭氣的青少年還是不少的。我
的依據是我寫的書銷量還不差。我可以確定，肯看這些書的
青少年是社會未來的希望。社會始終在進步，樂觀一些吧。

「臉書」上的集體理智

　　大衞先生傳來「臉書」上一個典型個案，讓我看到荒謬，也讓我看到集體表現出來的理智。

　　一個十三歲的女孩在「臉書」上寫道：「我有咗，諗起都驚。」後面是一個驚慌的表情 X.X。

　　立刻引起「臉書」同伴群的熱烈反應。

　　第一種反應是不相信，懷疑登入者是博關注，放流料。「難分真與假。」「想出名有好多方法，姐姐！」

　　第二種是責罵，佔多數，最有代表性的是：「十二歲就學人拍拖已經 on9，有埋仔就仲抵死！咁都講得出來真係唔知醜。生出來養就覺得自己好偉大？你睇下你幾歲先啦，婚都未夠歲數結啦！旨意你養佢，死硬啦！你自己腦囟都未生埋，你教佢養佢丫？」

　　第三種是提醒她公佈這消息已經使男友陷入法網：「自己玩就好啦，仲要拖埋條仔落水，戕佢陰公，搞着個小學雞，分分鐘洗定八月十五入去踎，多得你唔少。」「你條仔

依家衰十三（按：「與十三歲以下少女發生性行為」這罪行共十三字），真係除咗恭喜都唔知講咩好。」

　　第四是為女孩父母不值：「你老豆老母先陰公，個女仲未湊完又要湊多件，個仔做你細佬都得啦，愛唔係咁㗎嗰妹！」

　　第五是提醒她會面對什麼：「換片餵奶掃風，你一生出來成世玩完，重唔去 book 時間？（墮胎）」

　　也有為孩子求情的：「媽媽唔好唔要我呀！」

　　整體來說，為可能吃禁果的少年人上了一課。

言語四「溫」

一個人可不可愛，跟他怎樣說話很有關係。說話能做到四個「溫」，定是一個受歡迎的人。

第一是溫和。對比自己地位低的人，如學生、子侄、下屬，即使在他們做錯事的時候，也不會疾言厲色。聲音不高，表情不嚴峻，讓對方本來緊張的心情放鬆，想說的話不會不敢說。

第二是溫暖。對需要鼓勵和幫助的人，表示同情和關心。對人家的傾訴，不會無動於衷。細聽之外，詳加詢問，並且提出意見。能助一臂之力的即時提供幫助，把對方的困難分擔一部分。即使無能為力，也誠懇地安慰和勉勵。

第三是溫文。溫文爾雅，讀書人的風格。不粗俗，不猥褻，不大言，不吹噓，不挖苦人，不說刻薄無情的話。有學養，有見地，帶點幽默，隱含哲理，耐人咀嚼回味。

第四是溫馨。對家人、伴侶，不吝惜愛意。善於表達，勇於表達，也勤於表達。別以為一家人大家心知便可，

說出來太肉麻。心甜，嘴也要甜，尤其是孩子或老人家，對這方面需求最殷切。

要做到這四個「溫」，需要修養。能忍耐，肯包涵，有同情心，有學識，有愛，還要有表達技巧。憑誠懇的語氣，與之配合的表情和對不同人物心理狀態的了解，才能達到預期的效果。

笑容哪裏來？

很佩服兩位女士，兩位都是領導階層，幾乎每天都會在公眾場合出現，面對記者和鏡頭，永遠有一副燦爛笑容，坦率真誠，看不出一絲作假，也不覺有稍許勉強。很想知道，這笑容是從哪裏來的？

我的本領比她們遜色多了，在鏡頭前常常笑不出來，勉強裝笑，結果哭笑難分。

想笑得好，我相信須具備一種心理質素。

首先是放鬆，這要對自己有信心，對當前的處境應付得綽綽有餘，甚至視之為大顯身手的好機會。沒有壓力，沒什麼好擔心的，心寬自然臉寬。

其次是開心，為自己找三個開心的理由。現場有自己的粉絲，一也；現場氣氛很熱鬧，二也；集會之後可以陪家人外出用膳，三也。只要你用心找，總會找到三個理由的。

第三是移情，這是一種技巧，需要一些訓練。就是當你望向鏡頭時，就當做你正望向你喜愛的人：你的愛人，你

的孩子，你的愛貓……他們正在鏡頭裏向你招手呢！

　　第四是習慣，平常也讓自己面帶笑容，每次對着鏡子都笑一笑。對家人，對鄰居，對朋友，對迎面而來的路人都笑臉相迎，當鏡頭對着你的時候，習慣成自然，就會笑得又自然又好看了。

　　　　　　　　　　　　　　　　　　　日日是好日

愛情最痛苦之處

「愛情錦囊」的其中一則說：「愛情最痛苦之處是：他已經開始不愛你了，而你卻越來越愛他。」可惜「錦囊」卻沒有提供解決之道。

這情況有點像馬戲班表演的空中飛人，一方飛身過去，對方卻不伸手相接，你會知道結果是怎樣的。

愛情這東西最是奇怪，兩個人會無緣無故地相愛，也會無緣無故地不愛。既然沒有原因，也就無法拆解。

當他（或她，下同）開始不愛時，就像退潮一樣，去得很快很快，本來還是一泓碧波，轉眼留下沙石一片。

當他不愛時，就像無底深潭，不論你投下多少愛心、關心，結果是影蹤全無，白拋一片心。正所謂：我本將心向明月，奈何明月照溝渠。

當他不愛時，你越是殷勤，他越是不耐。由不耐發展為憎厭，把當日曾經有的好印象消耗殆盡，你追得越緊，他逃得越遠。

向他乞憐，博取同情，甚至自殺，換回來的只是反感，因為你使他不安，使他面對批評，被視為負心人。

　　因此當他不愛時，做法只有一個：離他而去，越快越好，越遠越好。別勉強自己去做「再見亦是朋友」的朋友，做得那麼痛苦，何必裝瀟灑？

　　靜靜吮舐自己的傷口，咬一咬牙，帶着苦笑站起，是的，我失敗了，但我能面對。提防非你欣賞者乘虛而入，你不是大打折扣的月下貨。如果一次戀愛便成功，人生未免單調。

　　上天給你足夠的嘗試機會，是厚待於你。振作吧！

被騙之後

　　再聰明的人也可能被人騙了。如果損失的是金錢，思考一下能否通過法律途徑追回損失。如果答案是機會不大，那麼要做的只是兩件事：一、吸取教訓，不再受騙。二、緩解憤怒的情緒，防止採取違法的報復手段。

　　如果是感情被人騙了，要做的事就多些。

　　一、從癡情中解脫出來。理智上知道自己被人騙了，情感上還是放不下，繼續迷戀，甚至寧願被對方繼續騙下去。結果是繼續痛苦，不能自拔。要點是立刻中止往日的交往，把時間投入你的某個大計。讓時間沖淡一切。

　　二、從憤怒中解脫出來。別讓自己墮入報復的陷阱，造成無可挽回的悲劇。既然自己愛過他，原諒他應該不難。以後做個點頭之交算了。

　　三、從傷心中解脫出來。失戀不是世界末日，失去一棵樹，前面還有整個森林。選擇一些自己喜歡的事，放縱一下自己，走出憂傷的峽谷。

四、從頹喪中解脫出來。不要自暴自棄。相反，要吃好些、穿好些、生活作息如常。積極參加一些有趣的活動，讓自己有機會笑，有機會被稱讚，有機會被愛。

擠慣了

　　在溫哥華到提款機拿錢或存錢，如果已經有人正在鍵板上操作，你要離他遠遠的，起碼五尺。同樣，當輪到你時，你後面的人也會保持這樣的距離。

　　這裏的中國茶樓不流行「搭枱」，哪怕是星期日的中午，人多得要輪籌。一張桌子不會出現互不相識的兩家人，你眼看我眼。

　　據説這是對個人 privacy 的尊重。

　　我享受這種尊重，但同時欣賞香港人——包括我自己的包容和忍耐。

　　香港人可以跟陌生人擠在巴士上、電車上、地鐵上，肌膚相貼，聞到對方的髮油、古龍水、煙味、汗味和體臭。前後左右，包括不同年齡、性別、種族、階層、宗教信仰的搭客，互相感受對方的體溫。

　　像刺蝟一般，香港人身上也有刺（誰身上沒有刺呢？）當他們貼得那麼近時，也會有被刺痛的感覺，可是他們容忍下來了。

他們的房子靠得那麼近，我看到你家電視機上正在做什麼節目，你也知道我廚房裏煮的是咖啡還是冬菇。這類眼睛和鼻子無意的窺探，大家都不覺得是什麼一回事，包括打開窗戶觸目便是對面人家的性感內衣，當胡椒粉或鎮江醋用完時可以請對面師奶從廚房遞過來。「遠親不如近鄰」，香港人的近鄰是世界最「近」的。

　　花前月下的幽會在香港是另一番光景，同一張公園長椅上可以有兩對情侶在互吻。矮樹叢裏的纏綿之後，很有機會穿錯別人的鞋子。既然找不到一處只屬二人的世界，索性隨時隨地當眾溫存。這種旁若無人的親熱，已成為這個城市到處可見的人間風景。

　　香港人已習慣了在眾聲喧囂的茶樓上聊天，在摩肩接踵的街道上閒逛，不但不覺得煩，還要找人多的地方去，行年宵、看煙花、演唱會、嘉年華……愛熱鬧是一種孩子氣，香港人的心態很年輕。

　　擠迫包括長眠之地，墓地上的石碑一個個緊挨着，不擔心死後成為孤魂野鬼，漫山遍野的亡靈可以再結另一界的緣分。孝子賢孫拜祭時，不忘為先人的鄰居上一炷香、酹一杯酒：「拜託了，請幫忙照顧老人家。」

　　習慣帶來的包容，兼及異鄉異國到此的遊子、難民，「老兄」、「鬼佬」、「㗎叔」、「阿差」、「越南仔」的稱呼中

越來越少敵意，或遲或早都會成為一家人。大家早已擠慣了，不多他們幾個！

　　可愛的有包容的香港人！

五毛錢官司的心理因素

香港一宗的士「濫收」車資案，搞了大半年，才由律政司撤銷起訴。所謂「濫收」，是車資一百三十六元五毛，司機收了一百三十七元，沒有給她找續五毛錢。在香港，五毛錢幾乎買不到任何東西，一份報紙也要七至八元。

據說報案的乘客是一位廉署人員，她付款後，並沒有向司機索取那多收的五毛錢，也沒有發生任何爭執，拿了那張收條做證據，就去報了案。很多人談論本案時都問一個問題：她如此小題大做，究竟出於什麼心理？

「這是廉署人員的特殊心態，恨不得能控告所有香港人，以顯示他們威風。他們的理論是十億元是貪，一毛錢也是貪。多收她五毛錢，證據確鑿，為什麼不告？」

「或許她剛剛失戀，或許她不久前發現丈夫有外遇，而他丈夫是揸的士的。」

「或許她工作能力低，長久沒有查到一單案，被上司責罵，碰上這件事，雖非廉署工作範圍，也照告可也。」

那麼警方為五毛錢立案控告，又基於什麼心態呢？不妨猜測坐堂落案的警務人員的心聲：「條八婆得閒得滯，為五毫子來告人，搵功夫我哋做。不過佢係廉記阿姐，唔做實比佢 port，咪照做囉！」

　　律政署在傳媒譁然後撤銷控訴，又是怎樣想的？「為五毫子告人？表示我們太得閒太涼薄，與小市民為敵？別賴是我們決定起訴的，我們決定不予起訴是真的。」

講道理的結果

朋友傳來電郵，題目是「講道理」，很有同感，與大家分享：

與戀人講道理，是不想談了；

和老婆講道理，是不想過了；

和同事講道理，是不想混了；

和上級講道理，是不想幹了；

和老闆講道理，是不想升了；

和鄰居講道理，是不想見了；

和朋友講道理，是不想交了；

和老師講道理，是不想學了；

和權力講道理，是不想活了。

俗語說：「秀才遇到兵，有理說不清。」看來秀才遇到秀才，有理更說不清。

分析無法講道理的原因，無非是以下三種心理狀態：

一、我有我的道理，我的道理比你的道理有道理。你想用你的道理說服我，休想！

二、你的確有道理，我的確錯了。可是你如果是愛我或識相的話，就不該跟我講道理，讓我難堪。你應該讓着我，准許我野蠻。這才顯得你愛我，這才表示你對我忠心。你如此堅持，抱着你的道理見鬼去吧！

三、你或許有道理，但你的道理有損我的道理，妨害我的利益。我好不容易才使大眾相信我的道理，怎容許你的道理來破壞我的威信。我說不過你，只有想辦法讓你銷聲。包括囚禁、暗殺和死刑。

那麼有道理想說的人該如何面對呢？

一、小道理，估計說了沒用，只會破壞關係和氣氛，不如不說。

二、大道理，事關國計民生、社會公義，不計後果，說了再算！

討厭自己

　　包括畫家、雕塑家、作家、演員、形象設計師、時裝設計師、電台化妝師和一般對美術有認識的人士，對自己的形象、樣貌很容易產生不滿。因為他們認識美、追求美，可是很遺憾，自己的容貌、體格可能離美頗遠。

　　譬如說五官有缺陷，身體不合比例，高度不達標，體重太高或太低等等。許多是難以改善的毛病，自己看了也討厭，有時甚至會暗中責怪父母，是他們的不理想基因遺傳了給自己。

　　這種負面的情緒該如何克服和釋放呢？不簡單！

　　一是努力從其他方面積極建立另類形象。譬如工作作風是陽光的、民主的、親善的、開放的，就會形成一個被人欣賞的領導人形象。譬如與人相處能夠謙虛、包容、諒解、正直、不自私、樂於助人，就會給人一個君子的形象。譬如狂熱地投入藝術創作，取得驕人的成績，大家為他的表現驚歎喝彩，他的眼睛大了還是小了，個子高了還是矮了，誰會在意？

二是也在外在形象方面進行重整。包括發掘自己的優點，加以突出。很少人的外貌是一無是處的，如果腿長就不要把它遮蓋起來；如果皮膚白，就不要把它曬成棕黑；如果髮質好就不要把它剪得太短。如果腳好看，就要多穿涼鞋。如果聲音好聽，就要爭取表演歌唱和朗誦的機會。優點突出了，缺點就會自動隱藏。

五無

讀臺大哲學系教授傅佩榮先生的一篇文章〈孔孟思想與現代人生〉，提及德國人道主義者史懷哲所指出的，現代人的特點是：無根、無人、無心、無情、無我。何以如此？如何從「無」到「有」？且讓我們思考一番。

無根

香港的青少年也是無根的一代。

不知道自己究竟是哪一國的人，享有做哪一國公民的權利，不懂得這一國的歷史、文化、政治制度，不知道在即將來臨的日子裏，人家將怎樣看待自己，自己將如何安身立命。

與大自然早失去了聯繫，沒有對土地的感情。城市只是一個賺錢的地方，在香港和在外國另一個城市並沒有多大的分別。家庭觀念漸漸瓦解，家只是一處吃飯睡覺的地方，

跟旅館差不多。親子關係十分疏離，不少孩子一出生便交菲傭或託兒所照料。雙職工的家庭，雙親難見孩子一面。將功課的催迫代替了天倫之樂的共聚。

曾有客居他鄉的遊子，路遠迢迢地到祖居所在尋根，香港的青少年恐怕很難有這樣的情懷，或許即使他們想尋也沒法尋得。

無人

傅佩榮教授說：現代社會是一個分工合作非常細密的社會，分工合作雖然能提高效率，卻因而將人只視為一種功能，由此形成各種弊端。

因此阿濃不喜歡在非工作場合，仍依別人的職位、行業稱呼他：張律師、陳醫生、李教授、何經理、黃校長……念念不忘他的社會功能，自然減弱了對方作為一個人所應該給你的全面的理解和認識。

事實上有人接過別人的名片，見是校長，就會考慮為兒女謀一學位；見是律師，就想免費請教一法律問題；見是經理，就會估計在生意上有沒有交易的可能性。

正如傅佩榮說：「當別人出現在眼前時，首先想的便是：他有何用處？」

因此，香港有許多朋友是「無事不登三寶殿」，他可以

整年不給你一個電話，一找你必有所託，因為他只是把你依功能列入了他的資料庫，在有需要時才把你提取出來，在他的心中，你不是人，而是工具。此謂之「無人」。

無心

傅佩榮教授說：「一般人多喜歡用外在的事務來衡量內在，以致忽略了對自己內在世界的經營。」

的確，我們衡量自己、衡量人往往集中外在的事物。

選香港小姐標榜美貌與智慧並重，說到底還是樣貌、體態佔了主要的分數。

為什麼我們的青少年這樣熱中於穿名牌衣物？

為什麼人們很留意別人坐什麼牌子的汽車，家住在哪一區？

為什麼有人那麼重視自己的名分，是高是低，不容差錯。有時還不惜用錢去買。

或許別人無法窺測我們的內心，是美是醜？是豐盛是貧乏？我們自己卻不能不重視我們的內心世界，我們不能無心。

因為外在的事物無常，我們辛苦經營所得，可以在一夜之間失去，把自身的價值憑外物來衡量，是很不可靠的事。人的真正價值在內心，而這種價值是外人無法奪取的。

無情

　　傅佩榮說現代人的「無情」可能因為接觸的人太多，如今我們一年所認識的人，可能超過古代一輩子認識的人。因此「相識滿天下」，卻要慨嘆「知心有幾人？」

　　傅佩榮說每個人的感情能力總有個限度，認識的人多，感情就分薄了。

　　就像如果我只有一兩位讀者互相通信，我可以多寫幾封給他們，信的內容可以豐富一些，感情自然也會濃一些。讀者來信多了，回信來不及寫，一擱就是一兩個月，還只能匆匆寫幾行。有時竟會把淑薇當作淑美，麗芳弄錯了麗芬。那感情竟是淡薄得接近應酬了。

　　可是讀者卻是以最濃的感情寫信給我，因為他們的朋友不像我多，作為寫信對象的更少。於是我跟讀者的通信成了不對等的書信來往，這是常使我感到抱歉的。

　　冰心說：「博愛的極端翻成淡漠。」或許多少是這個原因。

　　不過「無情」的一個更主要原因，是把人際關係等同於互相利用的關係，情依附於利是絕難恆久的。

無我

傅佩榮説「無我」是因為個人消失在群眾之中。

現在連穿衣服也是一窩蜂的，在街上等男朋友，如果他遲到的話，可以在他出現之前認錯十次八次，因為滿街都是 T 恤、波鞋、牛仔褲，你的男朋友也是作此打扮。

連講話的腔調也差不多，大家都是……囉，……囉，……囉。

還有那動作、表情，一個個似曾相識，有時害得你抓破頭皮：「他究竟像誰？」還要別人提醒：「他在模仿游向東。」原來是電視劇中的角色。

連對事物的看法，也只是有跡可尋的幾類：這位的高見來自甲報社論，那位的怪論來自乙報的專欄。許多人的腦袋怠工，由有限的幾個腦袋代替大家思考，結果從不同的嘴巴裏説出同樣的話來。

過分強調自我，在外表是標奇立異，在性格是孤傲不群，如果能自然地處身在眾人之中，而內外均不同流俗，則最為難得。

日日是好日

心防

——在這以物為上的世界，建立心防並非易事。

影展

說起來是四五十年前的事了，記憶猶新。

那時香港大會堂還是最高級的藝術展覽場地，從報紙上得知一位攝影界老前輩將舉行一生作品回顧展。負責籌備的是他的學生們，其中不乏社會名流、達官貴人。開幕禮還請到除港督外政府最高級的官員來剪綵。

我是攝影發燒友，也到了影展現場。剪綵前，展覽場地已開放給觀眾欣賞。

我看到他的人像作品突出了對象的個性，我看到他的大自然作品富有生命力和寓意，果然不是那些一味追求光影和構圖的唯美作品。

離開幕的時間越來越近，穿戴整齊的紳士淑女們越來

越多，他們都戴了襟花，表現他們非一般的身份。主禮嘉賓也準時到達了，戴花的嘉賓們紛紛趨前迎接，記者的鎂光閃閃。

有人問為什麼不見羅公？我知道羅公就是那位攝影藝術家。

「來了！來了！」我見到兩個穿西裝結領帶的伴着一位老人家走進會場。老人家眼睛放射精光，身上穿的卻是一件洗得發白的T恤。

有學生帶他跟高官相見，高官在他面前表現得很謙卑。有學生在他的T恤上別上襟花。伴他來的是他的學生，解釋遲到的原因是老師不肯坐的士，要等巴士，下車後又要走一段路。

在眾人簇擁下，剪綵儀式舉行了。我看着最受尊敬但穿着最樸素的老師想：他的自信，他的不隨俗流，就是來自他對自己藝術修養的肯定。這是堅固的心理防禦工事，非一般人能及。

手袋

他們沒有出席同學會的二十五週年 reunion 活動。

他們夫婦是同班同學，當世界各地的同學都聚集到這個城市來慶祝時，作為地主的他們卻缺席了。

他們當年讀的那間中學，也不算頂尖的名校，但經過四分之一世紀的歷練，不少同學在社會上頗有建樹，他們在電視籌款晚會上見過幾位同學已貴為慈善社團的總理，一捐幾十萬而面不改容。

當同學會的搞手打電話來邀請他們參加一場盛大的晚宴時，丈夫正在詢問詳情，太太卻主動把電話接過。她說真不巧，她父親一百歲大壽，那幾天要回鄉祝壽。

電話收線後，丈夫說：「其實相隔二十五年，大家見見也很有意思。人家那麼遠從美、加、澳洲飛來，自己就在本埠，怎好意思推呢？外父不是再下個月才生日嗎？為什麼要拿這做藉口？」

丈夫的話還未說完，太太把一個手袋擲向了他。

「光是這個，我就丟不起這個架！」

「我不想捧着一個十年前的手袋去吃飯。」

丈夫囁嚅着說：「那就去買一個新的吧。」

「花成萬元就為了吃一頓飯？我還沒有那麼癲！」太太說。

結果他們沒有參加晚宴，但太太整個星期都拉長面孔，她把委屈一次又一次發洩在老公身上。

理智要她做賢妻良母，感情卻說明她的心防並不堅固。

名牌

他們夫婦倆都是生活樸實的人，從來不迷戀什麼名牌。

他們戴的是幾十塊錢一個的電子錶，一樣準。他們說，守時與否跟錶的牌子無關。

他們的球鞋也有牌子，不過是所謂雜牌。

他們的手機不能上網，也不會攝影、傳短信。他們說可以打出打入已足夠。

可是他們也有為名牌煩惱的時候。

他們在等候多年之後生了一個兒子。眼看親朋戚友的孩子不到一歲已忙着往著名的幼兒園報名，有人一報十間，有人託這個託那個，有人天天操練孩子準備面試。有人考到名校之後大肆慶祝。他們雖然也報考了十間，卻只有名氣最弱的一間取錄了他們的孩子。

當別人問起孩子是否找到學校時，他們總是支吾以對。當他們聽到朋友的孩子考到某某名校時，他們就感到喪氣和內疚，覺得孩子的前途已註定比人差，他們的臉色是那麼難看。

他們不知道非名校出身的成功人士，同樣有一個很大的數目。能看破物質名牌的有識之士，卻在另一條戰線上被攻陷。

紙短情長篇

那年代用電腦的人極少，更沒有科技先進的手機，讀者與作者的溝通不靠電郵、臉書、whatsapp，而是手寫的書信。我積存的讀者來信有兩大膠箱，至今仍在。我選擇其中一些在報上發表，後來更編輯成書，有《紙短情長》和《阿濃短簡》。下面選刊一些，作為友誼的留念。其中「梅」已離世，「華」仍是對我鼓勵不斷的摯友。

鏡中是誰？

阿濃：

我覺得自己是一個被錯誤地分配了軀殼的人，我為此感到失去了活下去的樂趣，有時甚至傻傻地想：不如早點放棄這具臭皮囊，讓來生換回我應得的那份。

我自覺有一個美麗的靈魂，優雅脫俗，高尚清雋，配合這靈魂的應該是一張眉目如畫的俏臉，一副骨肉均勻的身軀，我甚至可以想像我該是怎麼一個樣子。

可是出現在鏡中的是我望而憎厭的一個庸俗醜陋的形象——眼睛、鼻子、嘴巴甚至耳朵，沒有一處滿我的意，加上又矮又胖，年紀輕輕便有了肚腩，我連多看一眼也不想。我每次都會問：她真的是我嗎？造物弄人，竟然作出這樣錯誤的分配。我知道化妝、更換髮型、keep fit、選擇服裝，對我都不會有多大用處，我的心早已死了。

阿濃，你信不信我家裏只有一面鏡子？

我已決意做一個單身女人，一則知道能接受我這個樣子的男人也不會漂亮到哪裏去；二則不想生下一堆醜八怪孩子來。對我的困擾，你可有什麼高見？

阿英

改變改變

阿英：

　　我跟你一樣，也不喜歡自己的樣子。可是我從來不寄望來生，因為來生不一定英俊瀟灑，說不定長得比今生更醜，難道又再來一次自尋短見。

　　不過我倒是贊成一個人把自己不理想的地方改變改變、修飾修飾的，讓自己和別人都看得舒服一點。

　　化淡淡的妝，至少看上去比較精神。配副好看的眼鏡框，剪個適合的髮型，都足以令你「唔同睇法」。

　　學會買衣服、穿衣服，不迷信名牌，不盲目追隨潮流，穿出自己的風格來。

　　矮是沒有辦法的了，千萬別穿過高的鞋子。胖卻可以對付對付，在飲食和運動上下點工夫，首先把那肚腩消除掉，跟着是雙下巴。當體重減輕之後，人也會顯得高些。

　　我也相信你有一個美麗的靈魂，願你把她變得更美麗、更動人，一種氣質會自然流露，再尋不到一絲庸俗的影跡，努力吧！

阿濃

船正前行

阿濃：

　　給你寫封短簡相信是件頗有趣的事。

　　船正前行，這是從大嶼山往香港的途中，

　　坐在船尾，向外望，風和日麗，

　　白色的浪花從眼前滾動推前，頗為壯觀。

　　很難得有這樣欣喜的心境，望山、望海，

　　看浪花、看白雲，真開懷！

　　在銀礦灣沿海邊的行人徑漫步，

　　兩旁種滿花木，有紅有綠。

　　其中有一種樹的樹皮柔軟，且一層一層的包裹着。

　　也許名為「千層皮」，因為數不清究竟有多少層。

　　它的葉子細長，頗別致，我想，如果撿起一片把它送
給你留念，亦表示此刻思念之情，

　　相信那是很有意思的。

　　漫步途中，有位當地人推着木頭車，

　　車上載滿了鴨子，木頭車推過後，

　　偶然發覺地上留下一片羽毛，雖然不算美觀。

　　把它拾起寄給你保存，也許是有趣的。

華於船上

　　　　　　　　　　　　　日日是好日

同在

華：

　　你在船上寫的信已經收到，

　　連帶那「千層皮」的葉和一根鴨毛。

　　你竟不曾撕下千層中的一層是怕它痛麼？

　　可憐這種樹總是引人手多。

　　「千里送鵝毛，物輕人意重。」

　　銀礦灣的鴨毛分量也不小。

　　謝謝你在心情怡悅時想起了我，

　　讓我陪着你看浪花，看白雲，一同開懷，

　　我知道原來我曾伴你在船上、在海上，

　　還曾在那種滿花木的行人路上同行。

　　只要想起好朋友，他便會與我們同在，

　　不問他當時在海角還是天涯。

　　就像此刻我燈下回信給你，

　　便好像你正微笑地看着我書寫。

　　今後你看到什麼美好的景致，

　　別忘了喊一聲我的名字。

　　當然，我也會這樣的喚你。

阿濃於燈下

清心直說

梅：

我說只要筆下能表達情意，任誰也可以寫出一本有趣的書。

這書其實是一部日記，主角當然是作者自己。

不過他必須遵循一項原則：清心直說，並無虛言，要將自己所做、所說、所想全部忠實地錄下，尤其是「所想」一項，因為沒有人知道你記下的是真是假，更要求你有碗說碗，有碟說碟。

這麼老老實實地記錄，一定很駭人、很出人意表、很有趣、很荒謬……如果由別人寫可能會被指為誣蔑，自己寫卻要最大的勇氣。

不美化、不醜化、不加油添醬、不為自己辯護，百分之一百的忠實於自己，這樣的文字怎會沒有讀者？一定好看煞人。

慚愧的是我也沒有這樣的忠實、這樣的勇氣，人嘛，總有一些個人的私隱，有些要帶到墓裏去。這是為什麼我沒有興趣去寫什麼日記的緣故。

阿濃

不改初衷

H：

在電視上看到一個介紹你的專輯，使我對你很是欽佩。

你熱衷於為最貧苦無靠的人服務，任勞任怨，有始有終。你為他們爭取過「人」的生活的權利，堅決勇敢，站得最前。

你不在乎收入多少，不緊張自己成家立室，把時間奉獻給最需要幫助的最底層的一群。

你看盡了人間的醜惡和悲哀，在你心中也有灰色的角落，你說你若干年前曾在一個山頭養過數十頭狗，你說有時覺得跟狗打交道比跟人交往更為快樂自在，因為狗兒不會使你傷心。

不過你仍孜孜不倦地做着人的工作。從你的話中知道傷你心的不止是「敵」，還同時是友。

最難得的便是這種受到委屈、感到傷心仍不改初衷的堅持。

看你一臉的正氣，說話充滿感情，使我為香港有這樣美麗的人感到欣喜。謹以此信向你致敬！

阿濃

師者，所以傳道、授業、解惑者也

畏友

維盛兄：

　　在文學雙年獎的多個研討會上，你都發了言，而且往往是第一個。

　　我不止一次當眾說過：「維盛先生是香港參加文學研討會最勤的一位，週末假期，不去玩樂消遣，卻來這些大都沉悶的研討會上聽大都沒趣的發言，這種精神已甚為難得。」

　　這許多年來，你的耿直依然，你的火氣依然，你的鄉音依然，你響亮的聲音依然，可是我也看到你的進步。這許多年來的演講並非白聽，你很能抓住講者發言的要點，提出質疑，甚至駁斥。

　　你始終未能進入這個文化圈子，你不群不黨，因此你百無禁忌，不怕得罪了誰，也毋須給任何人留下面子。

　　你的出現，使台上的人帶來一點心理壓力；你的發言，有時卻能反映台下的心聲。從前你發言較長，座上有人覺得不耐；如今大多簡短扼要，更多的人可以接受。你是文學界的畏友，請繼續努力！

阿濃

探病

梅：

那天早上去你家，探訪病中的你。你家裏很靜，只有你一個，而且精神不錯，於是我們有了一次長談。

我們談的主要是人生，談進取，也談知止、知退，後者需要更大的智慧。

我們談香港人、香港事，但不涉是非、八卦，為一些事窺測前景，為一些人惋惜。不知道是局外人的妄談，還是旁觀者清晰的高見。

我們差不多沒有談起你的病，我只是說：你像唐三藏，要經過九九八十一重磨難，但願逐一克服。

外面的雨下得很大，窗外山坡上綠意更是可人。你說這裏的屋子有山景也有河景，但二者只能取其一，結果你選擇了山景，因為多了四時的變化，我很同意你的選擇。

你邀請我跟你同進清淡的午餐，那清淡更過於庵中的齋菜，執筆時仍記得口中的清爽。

謝謝你贈我好書一本，你家中常備一些，用來送給探病的人，這是多美好的心思！

阿濃

該説不該説

真真：

你説假如我們心裏想説什麼便説什麼，那該多好。

你説你喜歡了一個有妻子的男子。你對他並無野心，因為你知道他們夫妻情深，你也不想破壞人家的家庭。

可是你想他知道：你是喜歡他的，十分十分的喜歡他的。

你借這樣那樣的理由跟他有些來往，他也耐心地聽你説，回答你的問題，幫你做一些事，可是他似乎對別人也是這樣。

好幾次你想對他説出你心中的感情，並且叫他毋須擔心，你只是靜靜地在一旁愛着他，並不需要他的回報。可是你還是不敢，你怕這樣做會把他嚇走，怕他看不起你，怕你們以後的相處更不自然。

不過你為此感到痛苦，你越來越覺得不能不説，哪怕你説出以後，他從此不睬你，你也甘願。

你問我該不該告訴他？你問我説出來之後，後果是不是真的很壞？

一個成熟的男子，對於異性的藉故親近，很少會懵然不知。

可是只要他認為一切在正常的交往範圍之內，他也會

裝作沒事人一般，繼續與你保持一般的友誼。

所以即使你不說，他心中也是知道的，問題只是知道程度的深淺而已。

那麼你們可以心照不宣地繼續交往下去，我相信天下有許多同樣處境的男女，他們可以維持一種微妙的友誼，直至永遠。

不過如果你真的想把心中的感情，完完全全地告訴他，並且強調你不會影響他的家庭幸福，我相信你會舒服一點，快樂一點，哪怕他從此提高警惕，你既對他無求，也就無所謂了。

照我看來，說與不說，結果差別不大。但當你覺得如果不說會終生遺憾的話，你就說出來吧。我相信他即使不會對你更好，也不會對你更差。

阿濃

師者，所以傳道、授業、解惑者也

家庭壓力

晴：

　　早過了《家》《春》《秋》的時代了，青年人的愛情仍然有家庭壓力。

　　不要說只待合法年齡，到婚姻登記處去拿張婚書，便誰也阻止不了，問題並不這樣簡單。

　　青年人，尤其是比較「乖」的一群，是十分重視他與家人的關係的，他們要做孝順仔、孝順女，不想跟家人搞得不愉快。

　　可是老人家要反對一段姻緣的理由可以千奇百怪，相貌、職業、家世都有機會出現他們不喜歡的地方，而他們似乎不必考慮兒女的感受，一反對便什麼話都說得出口，什麼臉色都擺得出來，因為他們有一條自以為是的理由：為你好！

　　為了避免家人嚕囌和爭吵，戀人們只能在外面偷偷摸摸的來往，這使其中一方感到委屈。

　　假如雙方的基礎堅實還好，基礎不穩而稍有裂縫，那家庭的破壞力便會發生作用，判了一段感情的死刑。看來《家》的時代並未完全過去。

　　　　　　　　　　　　　　　　　　　　阿濃

□ 責任編輯：陳小歡
□ 裝幀設計：高　林
□ 排　版：陳美連
□ 印　務：林佳年

〔香港散文 12 家〕

主編：舒非

日日是好日

□
著者
阿濃

□
出版
中華書局（香港）有限公司
香港北角英皇道 499 號北角工業大廈一樓 B
電話：（852）2137 2338　傳真：（852）2713 8202
電子郵件：info@chunghwabook.com.hk
網址：http://www.chunghwabook.com.hk

□
發行
香港聯合書刊物流有限公司
香港新界荃灣德士古道220-248號
荃灣工業中心16樓
電話：（852）2150 2100　傳真：（852）2407 3062
電子郵件：info@suplogistics.com.hk

□
印刷
美雅印刷製本有限公司
香港觀塘榮業街 6 號 海濱工業大廈 4 樓 A 室

□
版次
2016 年 1 月初版
2021 年 6 月第 4 次印刷
© 2016 2021 中華書局（香港）有限公司

□
規格
32 開（215 mm×135 mm）

□
ISBN：978-988-8366-47-7